燕园科学随笔

YANYUAN KEXUE SUIBI

涂传诒◎著

長江出版傳媒
湖北科学技术出版社

图书在版编目（CIP）数据

燕园科学随笔 / 涂传诒著 . —武汉 : 湖北科学技术出版社，2023.7

ISBN 978-7-5706-2508-6

Ⅰ . ①燕…　Ⅱ . ①涂…　Ⅲ . ①随笔－作品集－中国－当代　Ⅳ . ① I267.1

中国国家版本馆 CIP 数据核字 (2023) 第 062196 号

责任编辑：王小芳　魏　珩

责任校对：王　璐　　封面设计：张子容

出版发行：湖北科学技术出版社

地　　址：武汉市雄楚大街 268 号（湖北出版文化城 B 座 13—14 层）

电　　话：027-87679468　　邮　　编：430070

印　　刷：湖北金港彩印有限公司　　邮　　编：430040

710×1000　1/16　12.25 印张　180 千字

2023 年 7 月第 1 版　2023 年 7 月第 1 次印刷

定　　价：99.00 元

作者简介

涂传诒，1940 年出生于北京，曾就读于北京四中和北京大学。1992 年获聘北京大学地球与空间科学学院教授；2001 年增选为中国科学院院士；2006 年增选为第三世界科学院院士；2019 年于北大退休。其研究方向是日地空间物理学，提出了三维太阳风起源模型［*Science*（Tu et al.，2005：519-525）］，与 E. Marsch 著有专著 *MHD Structures*，*Waves and Turbulence in the Solar Wind*。作为唯一获奖人，先后两次获得国家自然科学二等奖（1989 年和 2001 年），获得陈嘉庚科学奖（2006 年）等多个国家和国际奖项。以第一编著参加编写的《日地空间物理学》（第二版，上、下册）获评全国优秀教材（高等教育类）二等奖（2021 年）。发表 SCI 收录文章 129 篇，被引用 6020 次，H 因子 40。此外，还在《科技导报》等期刊和“知识分子”等微信公众号上发表科普讨论文章十余篇。

前　　言

本文集汇集了20篇我以前写的评论和建议，做了少量文字修改。我以前经常在北京大学未名湖畔散步和锻炼身体，我的一些思路就是在那里形成的，所以这本书的书名叫作《燕园科学随笔》。这些评论文章涉及的领域很广，包括科学研究、大学教育、体育、卫生、法制、思维等领域颇受关注的话题。这些文章都曾在同事间传看，其中2篇在《科技导报》发表，3篇在“知识分子”微信公众号上发表，2篇在“科学的历程”微信公众号上发表，多篇文章在“pku空间所”微信公众号上发表。我是从事空间物理学教学和研究的，对于这些评论涉及的专业，我不是专家。本文集并不触及深奥的专业内容，所以叫作随笔。但是，我对于我所评论的内容的正确性是十分有把握的。通常，我要结合所评论的内容学习所需要的知识。例如，为了写评论有关量子计算的文章，我专门请教了北京大学计算机学院和信息学院的教授，哈尔滨工业大学和武汉大学的物理学院的教授，以及加拿大渥太华大学的计算机科学教授。在此基础上，我以普通人的视角，基于大家公认的道理和大家公认的思维逻辑来进行评论。我发现，在社会上流行的观点、在学术专著上的结论和在科学水平极高的刊物上的文章都有可能是错误的。我希望这本文集能显示，逻辑分析能帮助审查材料的真实性，能帮助判断结论的对错。下面简要介绍本文集主要讨论的话题。

文章《培养逻辑思维能力》是对北大学生提出的校庆寄语，鼓励学生培养逻辑思维能力。

文章《“量子思维”不科学、无创新》论证量子思维与量子力学没有关系，而且量子思维没有给出创新思维成果。

文章《“九章”是量子计算，还是光学实验？》论证了“九章”机器不是计算机。美国《科学》期刊的一篇文章认为中国科学技术大学有关团队做的玻色采样实验实现了量子计算机的数学计算，从而得出其实验设备——“九章”机器是计算机的结论。我的这篇文章给出“九章”没有进行过计算，不是量子数字计算机，也不是量子模拟计算机的结论。文章《计算机、实验模拟计算机和计算机模拟概念的界定》进一步指出“九章”机器不是模拟计算机，没有进行模拟计算。文章《如何定义“计算”：从幼儿园的计算课讲起》对什么是计算，什么是实验模拟计算都给出了严格的定义。我发现，当人们说“九章”显示了“量子计算的优越性”的时候，并没有给出“计算”的定义，并没有论证“九章”确实进行了“计算”。我写这些文章的目的是要提醒我们的学术界同事，用词要严谨。外国的、一段时间内流行的说法，不一定就是对的。

有关医疗的话题收集了1篇。《中成药治疗西医诊断的疾病：药理不清、疗效不明》指出，中西医病名对照表没有经过充分地论证和检验，依据对照表确定的用中成药治疗现代医学病的方式需要论证。

有关科学研究话题的评论有8篇。《论地震短期预报的困难》论述了困难来自地震短期释放能量和长期积累能量的特征。文章《现代科学产生的必要条件,回答李约瑟之问》提出由于中国中世纪没有具备现代科学产生的5个必要条件,没有建立教学与研究相结合的大学机构,因而现代科学没有诞生在中国,从而回答李约瑟之问。文章《牛顿经典力学革命与火药军备没有直接关系》指出,牛顿经典力学革命的背景正是满足了现代科学产生的5个必要条件,牛顿才能完成经典力学革命。文章《发展我国基础科学研究的对策建议》和文章《纯基础研究的目的、经费来源和组织实施》都是讨论国家对基础科研对策的,提出纯基础科研适合在大学中进行,应用基础应该由应用部门管理。文章《对基础科学投入的安排不是一种产业政策》论证了基础科研(纯科学研究)不能直接促进产业升级。文章《科学发展是社会发展的有机组成部分》及文章《建议科研经费支持高校科研岗位,促进高校释放科技创新潜力》提出,在高校,教师参加科学项目的研究工作所占用的工作时间涉及的人力成本应该列在该科研项目的科研经费中支出,不能占用教学经费,后者在《科技导报》以专稿形式发表。

接下来的3篇是有关法制话题的讨论。文章《"三无"性骚扰指控处理的无罪推定原则》根据媒体报道综合记录了美国国会对美国大法官提名时遇到的对其35年前性骚扰的指控所实施的调查程序。调查认定该指控为"三无"(无确切时间、无确切地点和无证人)性骚扰指控,认为适用"无罪推定原则"。文章《美国"♯Me Too"运动,影响中国难》评论了美国的"♯Me Too"运动,认为其对中国影响可能不大。文章《天下无冤的理想美好但不现实》论证了能实现的"理想",应该是尽量减少冤假错案,认真执行"疑罪从无"的原则。

文章《叶诗文在伦敦奥运会打破世界纪录引起的讨论》是关于体

育运动的。在2012年伦敦奥运会上,中国小将叶诗文获得400米混合泳冠军。西方记者戴着有色眼镜,说她用了兴奋剂。该文章驳倒了他们的观点,指出16岁的叶诗文之所以游得快是由于她的脚发育得比较早。

文章《学习吴京生教授的优良学风》是讨论学习风气问题的。吴先生的文章被发现有错误后,他立即表示歉意,并着手修改,为年轻科学家树立了榜样。

文章《悼念林伯中教授》回顾了林伯中教授的勤奋精神,以及他对中国航天事业的帮助和期望。

我把北京大学校报于2019年3月13日对我的采访报道《涂传诒:四十年如一日,教学的坚守者》放在本文集的最后。

涂传诒

2022年10月24日

目　录

本书封面图片“北京大学的博雅塔”的作者是朱福升。

培养逻辑思维能力

从 1958 年考入北京大学(以下简称“北大”)物理系的时候开始算,我在北大学习工作了接近 60 年。我热爱北大,我祝愿北大成为世界顶尖的大学,为国家的发展培养一流人才。在北大建校 120 周年(2018 年)之际,我给北大学子写了一段寄语。我希望北大学子都能培养出独立思考能力、逻辑思维能力和清楚的语言表达能力。我认为这是现代人为社会作贡献所必须具备的品质。

独立思考就是对一件事有自己的认识和想法,相信那些自己思考甄别后的东西,不盲目服从旁人的观点。做到这一点非常不容易。通常,要对事实进行深入调查,并进一步做逻辑思维的分析。不符合基本逻辑的新闻,很大可能是假新闻;而不符合基本逻辑的构想,也很难成功。当然,客观事实是第一位的,但是只有通过逻辑分析才能揭示所收集到的有限的客观事实所反映的本质。

独立精神是北大的特点。陈平原(现任北大教授)说:“在日常生活中,绝大部分的北大人,更看重的是‘独立’与‘自由’。”《北京大学概况》一书将北大的特点概括为:①独立精神;②有特别见解;③做事有坚强之毅力;④服从真理;⑤气量宽宏。这“独立精神”和“有特别见解”的特点绝不是北大人“标新立异”“孤芳自赏”的证词，而是建立在独立思考能力之上的自信宣言。

涂传诒院士在北大“才斋讲堂”讲课

2001 年，北大副校长与微软公司副总裁曾在中央电视台《对话》节目中就人才应该具备的素质进行了讨论。北大副校长认为创新、执着、自信是人才必备的素质；微软副总裁则认为人品、智慧、团队精神不可或缺。后者所言固然重要，但对于推动科学和社会发展的人才来说，“创新”是重中之重。北大不能仅仅为微软公司培养合格的职工，更要为国家发展培养世界一流的人才。“创新”不是素质，而是能力。这种能力是建立在独立思考能力和逻辑思维能力之上的。北大人要加强独立思考，提高创新能力。在学术研究中，有些博士论文的题目创新性不强，有时同一研究组指导的不同年份的论文题目大致相同；不少博士论文的主导思想是导师提出的；博士生的创造性和独立科研能力也有待提高。这些问题是真实存在且亟待改善的。这里所提到的独立科研能力就是建立在独立思考能力之上的。

向有关部门宣传“创新”方案以获得支持是实现“创新”的必由之路，此间，清楚的语言表达能力发挥着举足轻重的作用。所谓“清楚的语言表达”，就是要符合逻辑，语句段落的划分要符合逻辑的分类，或者符合逻辑的推理过程。要是半天都没讲清楚，创新建议就很难得到支持和实现。

对科学问题的独立思考起源于对现有理论和认识的质疑。为了回答这些质疑，就需要获取新的数据，建立新的理论。我曾有一次记忆深刻的创新经历。在2004年的一天，我从《新闻联播》中听到"重要新闻"说，太阳风起源和加速问题已经被美国科学家解决了。当时我非常吃惊，因为我知道这是一个长期没有解决的问题。这一新闻也被美国多家媒体报道，信息源自一篇发表于《科学》(*Science*)的文章。美国国家航空航天局和欧洲航天局联合为这一文章的发表召开了新闻发布会。我把该文章找来细读，发现该文把太阳风起源位置的高度确定错了。我对该文所用数据重新进行分析。我以外推磁场的结构作为高度参考，确定了太阳风起源的高度。在此基础上，我提出了全新的太阳风起源图像。研究成果以论文的形式发表于《科学》，308卷，519—525页，2005年(该期刊发表文章有两种形式——论文和报告)。该成果入选教育部2005年度"中国高等学校十大科技进展"，我也因此获中国科学院颁发的"陈嘉庚科学奖"(2006)。

独立思考能力和逻辑思维能力还能帮助我们辨别充斥在网络中的虚假新闻。普通人没有所谓的内幕消息，也没有能力去调查，很难通过新闻报道辨别真假。但是我们可以对新闻报道进行逻辑分析，不合逻辑的信息很可能是假的。例如，2011年7月，某电视台曝光"达芬奇家具"把中国作坊货运往意大利再运回中国，冒充洋品牌。当时我从逻辑推理判断，该电视台曝光的"达芬奇家具"产地造假是一则假新闻，因为这一说法违反了一般常识和逻辑。根据曝光说法，"达芬奇家具"所售意大利产的家具，实际是产自广州，海运到意大利，获得意大利制作标牌后再出口上海的。但是，大型家具的海运运费是很高的，从中国出口，进口意大利，再从意大利出口，进口中国，都要交关税、手续费和仓库存放费等。这些费用叠加至家具售价中，会大大影响家具销售的竞争力。没有商人会觉得这样造假更赚钱。后来，新闻出版总署在2012年02月10日发布《通报某某电视台〈达芬奇"密码"〉报道调查情况》，指出在《达芬奇“密码”》报道中存在个别采访对象的身份未经核实、结论不够严谨等问题。该调查结论支持了我的推理结论。

以上是我对同学们的一点期盼，最后我祝愿北大学子在北大成长成才，为中华民族的伟大复兴做出贡献！

2018年4月25日收录于北大校庆120周年寄语

“量子思维”不科学、无创新

——评华东师范大学的《量子思维宣言》

摘要 “量子思维”是近年来在社会上经常使用的一个词语。开始主要用在公司管理领域，并未引起广大公众的注意。2021 年华东师范大学 70 周年校庆发布了《量子思维宣言》(下称《宣言》)。该《宣言》是华东师范大学校长带领本校 16 名专家教授，以及上海社会科学院、同济大学和北京师范大学的多位专家教授共同的研究成果。《宣言》认定牛顿经典思维“有排他性”、“机械分割”和“不顾整体”。《宣言》指出，“量子论既适用于微观、部分宇观和宏观世界，也适用于生命、生态的世界。而基于量子论的量子思维，更可能适合于作为生态特例的人类社会”，“量子论给人类带来最大的冲击是对实在世界的认识。单电子光子干涉实验等量子现象，不断地颠覆或重塑着人们的世界观”，“构建一种全新的统帅自然与人文社会科学的量子思维方式，……对人文社会科学创新、学校教育、组织管理和经济建设、产业发展和社会治理，必将产生重要而深远的意义”。《宣言》以及华东师范大学校长近来的多次讲话都强调了其重要性，使得“量子思维”的重要性抬升到了社会科学的学术高度，伸延到了思想领域主流的地位，应用到了学校的教育和社会治理等多个社会领域。

这使得人们重视这一趋势，并认真研究“量子思维”的真实含义。经过仔细思考后笔者发现，《宣言》认定牛顿经典思维“有排他性”、“机械分割”和“不顾整体”是没有根据的，量子力学没有如《宣言》提出的那样颠覆或重塑着人们的世界观，“量子思维”与量子力学完全没有科学关系。“量子思维”不过是用量子力学中描述量子现象的一些专用学术名称，例如“叠加”、“纠缠”和“不确定”等，来描述人们通常的一些思维过程和内容，例如“和谐多元包容”、“强调整体关联”和“人的发展是充满各种可能性的”等。“量子思维”这一高深的名词，没有描述任何新的思维规律，只使人们产生敬畏的想法，不但不能帮助人们提高思维的清晰度和效率，反而有可能把人们原有的清晰头脑搞糊涂了。为了提高公民的思维能力，教育工作者需要用简明易懂的语言去描述思维规律；为了培养中国的后继人才的优良学风，教育工作者要做出好的学风典范。本文将分别讨论《宣言》中的5个方面的问题，最后给出结论。

一、“量子思维”认为“量子论适合于人类社会”，没发现

量子力学研究的对象主要是原子内部量子的特性。《费曼物理学讲义》（简称《费曼物理》）指出：“量子力学描述物质和光的行为的各方面细节，特别是发生在原子尺度上的事件。”显然，相应的理论——量子论——不能描述人类社会，因为人类社会是宏观尺度的。下面的叙述说明，整个量子力学的发展过程也与人类社会的活动基本无关。

1911年卢瑟福用α粒子做了轰击金箔的实验，发现有极少粒子会反射回来。基于这一发现，卢瑟福提出了新的原子模型，他假设：原子核占有原子内部空间的极小范围，但是占有原子的差不多全部的质

量,电子围绕原子核运动。可是,这个模型存在理论上很难解释的问题,即电子的运动将导致能量辐射损失,从而致使电子轨道半径逐渐减小,最后电子会落在带正电的原子核上。这使得人们无法解释电子是如何稳定地在核外运动的。波尔给出了一个改进的氢原子模型,认为电子只在几个固定的轨道之间跃迁,每次跃迁都会产生辐射,形成氢原子的分立光谱,通过光谱的测算可以确定电子的固定轨道的能级。可是电子的轨道为什么分为几个具有本征能级的轨道呢?为了解释这一问题,德布罗意提出物质波的概念,认为电子不是以粒子的形式运动而是以波的形式运动,波在原子内的有限空间的传播产生几个本征形态是很自然的事情。1926年,薛定谔给出了他认为的描述物质波的波动方程,称为薛定谔方程。这一方程能够很好地解释氢原子光谱需要的电子本征轨道,提出后立即被学术界接受。但是,薛定谔方程描述的对象——波函数的物理含义,引起了学术界的争论。薛定谔和爱因斯坦认为波函数的平方描述的是粒子的密度。但这是错误的。玻恩给出了正确的解释,他认为波函数的平方表示在某处单位体积内找到电子的概率,而且当人们在某处找到电子时,电子的全部电荷就在该处。这个观点是玻恩在用薛定谔方程计算散射粒子的角度分布时提出来的。他认为薛定谔方程描述的波函数不是真实的物理量的波动,而是粒子在空间位置的概率分布的概率波。这是哥本哈根解释的主要内容之一,后被实验证实。费曼于1965年指出,朝着挡板上设置的双缝发射单电子的实验,在原则上可以产生干涉图案,从而证明物质的波粒二象性,给出概率波的直接演示。当时费曼指出这是一个思想实验,还没有人做过。后来,意大利的弗拉博尼及其同事让单电子通过只有83nm宽的狭缝,首次实现了单电子的双缝干涉实验,直接证实了波函数的概率波的属性。

以上内容说明,量子力学的观测基础是原子光谱和粒子的散射,量子力学的基本数学描述是薛定谔方程和概率波。大卫·J.格里菲斯和达雷尔·F.施勒特合著的《量子力学概论》的第一章第一节就是讲薛定谔方程和概率波。经典物理学确实讲过概率的概念,但是没有关于概率波的概念,更没有讲过描述概率波变化的薛定谔方程。这说明量子力学不适合描述经典物理学研究的大尺度范围的现象。

量子的特性,如波粒二相性(既展现波的特性,又展现粒子的特性)、波函数的相干性、测不准原理(粒子的位置与动量的观测误差乘积有限大)等都是微观尺度的现象,不能在宏观尺度上展现。这是由于在宏观尺度上,物体包含大量粒子,即使每个粒子都具有量子特性,大量粒子相互干涉导致退相干发生,使得大物体不能显现量子特性。量子特性只发生在单个或者少数几个粒子的环境下。量子论不适用于宏观世界。一只猫,没有量子态,没有人看见过活猫与死猫的量子态的叠加。猫的死活是确定的,与有没有人看无关。我国学者郭光灿院士也提出过类似观点,他曾指出,量子理论不能直接用来描述宏观世界。说句玩笑话,“碳足球”可以通过两道狭缝形成干涉波纹,但如果换个真的足球,无论如何也踢不出那种效果。

量子论更不适用于人类社会。《费曼物理》指出:“一切人类的直接经验和所有人类的直觉都只适用于大的物体。我们知道大物体的行为将是如何的,但是在小尺度下事物的行为却并非如此。所以我们必须用一种抽象的或想象的方式,而不是用把它们与我们的直接经验联系起来的方式来学习它们。”人类社会中的构成——人、家庭、学校、公司、军队、国家等,都不是量子态的,都是确切存在的。人类活动都是有一定目的的,有时比较具体,有时比较广泛。想把描述只有几个量子的微观世界的量子论,改造成用来描述人类社会的“量子思维”是不可能实现的。量子力学出现的早期就有这些说法了,已经试行了接近100年,没有发现人类社会中有可以用量子论描述的现象。

二、《宣言》认定牛顿经典思维有"排他性"、"机械分割"和"不顾整体",无根据

《宣言》的第一作者指出"有时候像牢笼一样禁锢人们的恰恰是以笛卡儿、牛顿等为代表的经典理论确定的惯性思维,这种思维看到的是一个有你没你一个样的世界,被动接受并确定宿命的世界。牛顿力学理论的特点是把世界分割开来看待。但是真正的世界万事万物是相互关联的,并不存在可以完全相互割裂的纯粹客体和主体"。本文将指出,《宣言》对牛顿经典思维方式的批判,没有事实根据,没有逻辑论证。王迎军指出"量子思维论者为了宣扬他们的思想,特别用牛顿、笛卡儿式的世界观来标榜常人世界观,以强调两者的根本不同,这种做法令人不解"。我们看到《宣言》正是这样做的。为了纠正《宣言》对于牛顿的经典思维方式的多处不实描述,我们先简单介绍牛顿的哲学思想和方法论,然后再具体分析《宣言》的不实描述。

1. 牛顿的科学范式:分析-综合方法和物理-数学方法

牛顿的思想已经在他 300 多年前发表的著作《自然哲学的数学原理》(下称《原理》,图 1)中表达得很清楚了,而且已经是各学科的典范。科恩指出,牛顿的这一著作"树立了一个衡量其他所有科学的标准。牛顿提出的研究自然现象的科学方法,导致了现代科学的诞生。它成为一个目标:古生物学、统计学、生物化学等不同领域的科学家们都曾向这个目标努力奋斗,以使他们的学科达到所期望的高水平"。牛顿的哲学思想和方法论体系被爱因斯坦赞为"理论物理学领域中每一位工作者的纲领"。这是一个指引着一代又一代科学工作者前进的纲领。

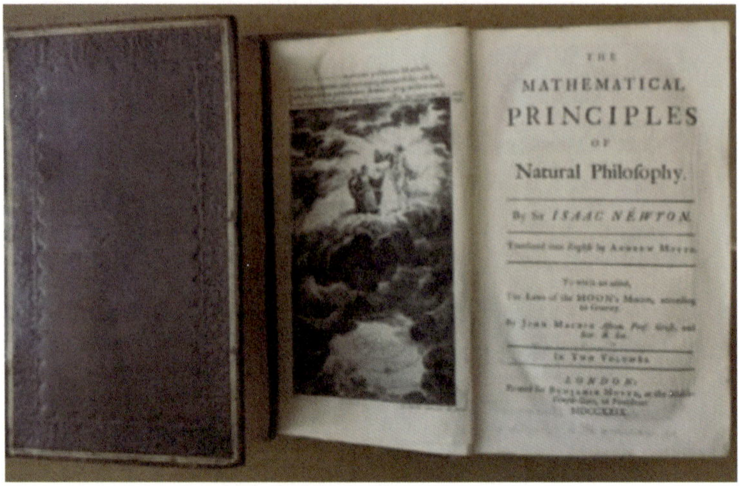

图 1　1729 年出版的《自然哲学的数学原理》英文版

牛顿的《原理》第三版第三篇《哲学中的推理规则》中提出科学研究的四大规则，明确提出了科学研究的范式。

规则Ⅰ：寻求自然事物的原因，不得超出真实和足以解释其现象者。

规则Ⅱ：因此对于相同的自然现象，必须尽可能地寻求相同的原因。

规则Ⅲ：物体的特性，若其程度既不能增加，又不能减少，且在实验范围内为所有物体共有，则应视为一切物体的属性。

规则Ⅳ：在实验哲学中，我们必须将由现象归纳出的命题视为完全正确或基本正确的，而不管想象所可能得到的与之相反的种种假说，直到出现了其他的或可排除这些命题，或可使之变得更加精确的现象之时。

这四个规则，在科学史上有着它们各自的特殊含义，但是我们可以将其理解为牛顿提出的分析-综合方法的一般原则。牛顿在《光学》“疑问 31”中指出：“在自然哲学中，应该像在数学中一样，在研究困难的事物时，总是应当先用分析方法，然后才用综合方法。这种分析方法包括做实验和观察，用归纳方法从中得出普遍结论，并且不使这些结论遭到异议，除非这些异议来自实验或者其他可靠的真理方面。”牛顿在《原理》中提出的哲学的4个“推理规则”，可以理解为实施分析-综合方法时的4个程序的要求。首先通过分析、实验和观察，找出自然现象的简单的真实的（不是假想的）原因，然后推广所做的实验和观察到其他相同的事物，找出相同的原因，用归纳方法从中得出普遍结论，最后用这普遍结论预测未曾直接实验和观察过的自然现象。《原理》序言指出：“由运动现象去研究自然力，再由这些力去推演其他现象。”牛顿从观察和实验出发，“用归纳法从中得出普遍的结论”，即先得到概念和规律，然后用演绎法推演出种种结论，再通过实验加以检验、解释和预测。上述分析-综合法与归纳-演绎法是相互结合的。

牛顿的科研指导规则中还有一条是物理-数学方法。牛顿将物理学中的概念和定律都“尽量用数学表示出来”。爱因斯坦说：“牛顿第一个成功地找到了一个用公式清楚表述的基础，从这个基础出发，他用数学的思维，逻辑地和定量地演绎出范围很广的现象，并且同经验相符合。”《原理》第一版序言第一句话：“由于古代人在研究自然事物方面，把力学看得最为重要，而现代人则抛弃实体形式与隐蔽的质，力图将自然现象诉诸数学定律，所以我们在本书中发展与哲学相关的数学。”

这四个科学研究的规则和物理-数学方法，构成了牛顿力学研究的思维方式。这也是我们每个现代科学工作者做科学的范式。

2.《宣言》认定牛顿经典思维“有排他性”、“机械分割”和“不顾整体”没有根据

《宣言》对牛顿力学经典思维方式的描述，与牛顿在《原理》中提出

的分析-综合方法和用数学公式表达物理定律的方法明显不一样。《宣言》没有给出支持这些批判性描述的具体实例。除了牛顿自己，还有谁有权力确定牛顿力学的经典思维方式呢？下面，我们逐条详细分析和评论《宣言》对牛顿的思维方式做的描述和评论。

(1)《宣言》指出，以牛顿力学为依据的经典思维中，世界所呈现的特点是分界、局部、机械、惯性、划一、精确、定域、割裂、被动、计划；基于量子论的量子思维，世界所呈现的特点则是无界、整体、灵活、多向、差异、可能、离域、联系、互动、难测。

本文评论：《宣言》用了10个词来描述牛顿力学的经典思维，《宣言》没有给出任何证据！实际上这些说法都不是真实情况。根据《费曼物理》(第一卷)，相距遥远的星系相互间也受引力吸引，不能说牛顿万有引力的描述是局部的、分界的。引力的作用，不需要物体接触，是隔空相互作用的，因而是没有分界、没有割裂的。宇宙尘埃在万有引力的作用下形成新天体，中间的尘埃组合过程中包含一定的随机性，因而不是机械和被动的，也不是事先计划的。

(2)《宣言》指出，牛顿经典思维处理世界上人与事物的原则是：相邻的不可分割，不相邻的可以分割处理，事物具有保持静止或者运动的惯性。这体现了世界存在的某种形态，但如果将其绝对化，便容易以机械分割的理念看待生态与社会。而量子思维则认为，相邻的不可分割，不相邻也不可分割，因为世界是一个相互关联的整体，事物在静止或者运动中具有跳跃性。量子思维以有机关联的理念看待生态与社会，但同时，对世界的把握也无法完全忽视其相对稳定性。

本文评论：《宣言》这里认为牛顿经典思维把物体的惯性与物体的关联对立起来是概念的错误。在没有外力作用的条件下，物体有保持静止或者运动的惯性，这是牛顿力学第一定律，描述的是物体的特性。牛顿第二定律指出，如果有外力的作用，物体的惯性状态是要改变的。

外力的作用,就是物体相互关联的形式。牛顿第二定律、第三定律和万有引力定律都是讲物体相互关联的形式。牛顿力学一共提出4个定律,其中有3个定律是讲关联的。可以说,牛顿是非常重视关联的。《宣言》认为牛顿经典思维把相互关联与惯性对立起来的看法是不对的。

(3)《宣言》指出,基于牛顿力学的经典思维方式强调分解和约化,如分解问题、分离变量等,关注最主要的变量对系统的影响,将其他(次要)因素视为对系统的微扰;而量子思维方式强调整体关联,一个微小的扰动,都可能深刻地影响系统的后期演化过程。

本文评论:《宣言》的这一说法也是错误的,因为牛顿也重视事物的整体关联。牛顿在《原理》"哲学中的推理规则"一节中提出把"归纳出的命题视为完全正确或基本正确",牛顿在《光学》中明确提出"应当先用分析方法,然后才用综合方法"。这里说的"归纳""综合"就是从整体上把握具体研究对象的性质和规律。整体性是综合方法的重要特征。综合方法是要找到各部分之间的联系。牛顿既重视分析又重视整体关联。

(4)《宣言》指出,以牛顿力学为基础的经典思维方式是排他性的,即事物在某一个瞬间只能呈现唯一的状态,或在此处,或在彼处,不可兼得;而量子思维方式允许状态的叠加性,即便是互斥的状态也可能同时集于一身。

本文评论:《宣言》认为牛顿经典思维方式有排他性,是没有根据的。《宣言》没有给出牛顿提出过排他性原则的证据。牛顿当时的研究的对象,都是有时空确定性的。牛顿只是根据他看到的自然界的实际情况来描述太阳系行星的运动。牛顿针对他研究的自然现象的特点,使用了最适合的科学方法。牛顿用简化的质点运动来描述天体运行,是科学研究的技术层面的选择,受当时计算技术可行性条件的限制，而不是思维方式的表现。不能说“以牛顿力学为基础的经典思维方式是排他性的”。

我们看到，《宣言》对牛顿力学经典思维方式的描述是没有道理的。可以从牛顿取得的伟大成就，看出牛顿的科学思维方式的现实指导意义。牛顿的科学成就，引发了现代科学革命，为工业革命奠定了基础，而且仍然对于当代前沿科学研究有直接的指导意义。万有引力定律用来解释超过几千万光年的距离的星团的相互吸引，尘埃彼此相互吸引形成聚集星体。牛顿提出的自然力的概念，被推广到描述电力和核力中，以及描述几种基本粒子的相互作用力。当尺度小到需要考虑量子效应时，现在还不需要去发展一种有关引力的量子理论。自然界的量子力学理论还没有引申到引力中去。爱因斯坦对引力定律做了相对论的修正。任何具有能量的东西也具有质量。质量的概念应在这一意义下来理解，即它以引力方式被其他物质所吸引。当一束带有能量的光经过太阳附近时，它将受到太阳的吸引，使光线弯曲。引力波的概念仍然是建立在牛顿引力概念之上的。我们看到，牛顿万有引力定律，在提出后过了 300 多年，仍可应用到他当时完全没有研究过，或者完全没有想象过的领域，应用到遥远天体，应用到微小尺度，这太神奇了。这说明牛顿确实把握住了自然对象的特点和规律。

本节已经说明，牛顿力学研究的思维方式在牛顿的巨著《原理》中有明确阐述，就是实验分析、综合方法和用数学公式表达物理定律的方法。《宣言》认为牛顿力学与量子理论的不同，实际上不是研究的思维方式的不同，而是所研究自然对象的性质不同。

三、《宣言》所称量子力学颠覆了人们的世界观，没出现

《宣言》指出：“在哲学层面上，量子论给人类带来最大的冲击是对

实在世界的认识。单电子光子干涉实验、量子纠缠实验、量子芝诺效应、延迟选择实验等量子现象，不断地颠覆或重塑人们的世界观。同一个实物粒子，如何既在此处又在彼处？客观事物的存在性，是否要依赖于观测者？"人们看了《宣言》的这些文字，着实有些心慌。正如王迎军指出的："使我们不得不心怀恐惧地思考，我们是否还能有正常思维？"仔细想起来，从 1926 年以薛定谔方程的建立为标志的量子力学的诞生，到现在已经接近 100 年了。人类的世界观(自然观)没有被颠覆或重塑。晚上，人们在窗户前，看到月亮还是从东方升起。背过脸去，看不见月亮了，可是，旁边人告知，月亮还在那里，并不依赖观测者是否在观测。于是人们放心了，客观事物还是以它原来的方式存在着，什么都没有颠覆。从下面介绍的电子的双缝实验也说明实验结果与观察者在不在场没有关系。

1. 量子力学的科学方法(《费曼物理》有关摘要)

《宣言》指出，单电子干涉实验颠覆或重塑着人们的世界观。下面我们详细分析这一单电子干涉实验(图 2)，用以检验《宣言》的结论。为了有说服力，我们用《费曼物理》第三卷第一章给出的材料，描述量子行为，讨论我们关心的问题。

《费曼物理》指出："到 1926 年和 1927 年，薛定谔、海森堡和玻恩终于解决了这些问题。他们最后对微小尺度物质的行为做出了协调一致的描述。本章中我们将开始研究这种描述的主要特点。"这三位量子力学创始人协调一致的观点，有时被称为"哥本哈根解释"。

图 2A 是描述子弹的干涉实验，图 2A 的左边，画了一个枪口，子弹从枪口射出，方向有点散。枪口的前方有一个挡板(墙)，用"(a)"标示。对着枪口中间位置的横线是中轴线。在挡板中轴线的上下两侧，分别开两个小孔，表示为"1"和"2"，到达这两个孔的子弹可以分别穿过这两

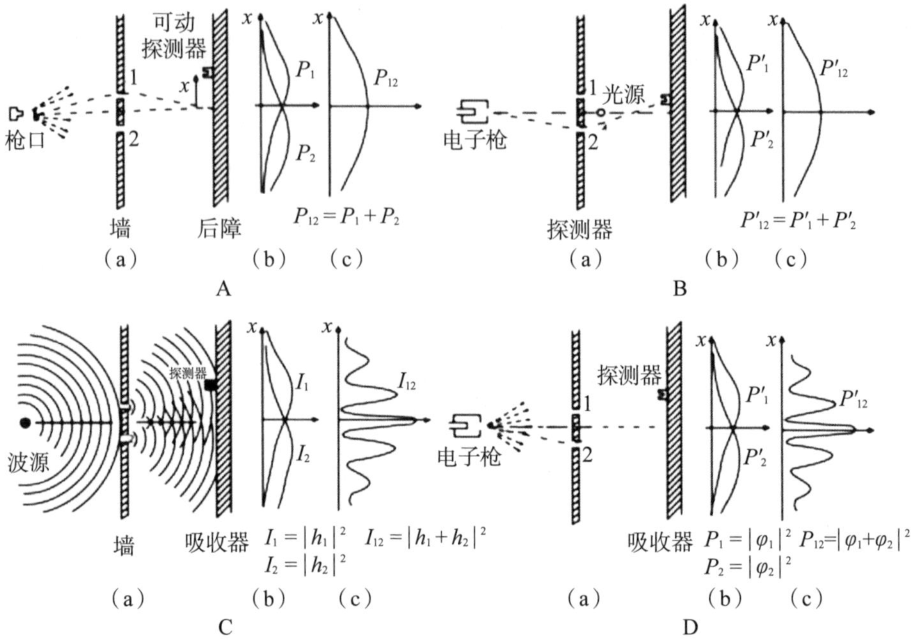

图 2 量子行为与子弹和水波的行为的比较

A. 子弹的干涉实验图 B. 电子计数的干涉实验图

C. 水波的干涉实验图 D. 电子不计数的干涉实验图

图中有 4 张小图，A. 子弹的干涉实验图、B. 电子计数的干涉实验图、C. 水波的干涉实验图、D. 电子不计数的干涉实验图，这些小图分别依据《费曼物理》第一章的图 1-1、图 1-2、图 1-4 和图 1-3 制作(编号有变化)。这四张图的尺寸应该是不一样的，图 A、图 C 两张是宏观的，而图 B、图 D 是微观的，用来说明电子的概率分布在计数时有粒子特性，而在不计数时显示波动特性。计数与不计数的区别是，计数的设置多了一个光源。就是这个光源使得量子显示粒子特性，与观察者是不是在现场观察没有关系。

个孔，射到安置在右方的板(后障)上。子弹在穿过这两个孔时，受到孔壁的影响，使得子弹之后的飞行方向会散开。实际上，这个实验是想象的，并没有实际做过，目的是用来把我们的想法描述清楚。我们希望知道子弹穿过小孔后再打到安置在右方的后障上的位置，于是我们在后障上安放一个可上下移动的探测器。子弹进入探测器后就留在那里，以便过一段时间以后，人们可以统计探测器在某个位置某时间段收集了多少子弹。我们让探测器在不同位置上停留相同的时间。这样我们可以画出不同位置上的探测器收集的子弹数随垂直中轴线方向(就是 x 方向)的变化。将某时段探测器收集到的子弹的数目除以到达后障上的总的子弹数,就得到子弹数的分布密度。这一分布图显示在(b)位置。图中竖直线是 x 方向坐标,显示在后障上 x 方向的位置。图中沿中轴线右端的有箭头的线段表示子弹分布的概率密度。图中有两条曲线。标识 P_1 的曲线,描述关闭孔 2 时,通过孔 1 的子弹密度的分布;标识 P_2 的曲线,则表示关闭孔 1 时过孔 2 的子弹的密度分布。两个孔都开放时观测到的总的子弹概率密度分布,显示在图"(c)"中,标识为"P_{12}"。我们看到下式成立,$P_{12}=P_1+P_2$。这一结果称为"无干涉"的情况。

图 2C 描述水波的干涉实验。除了把图 2A 中的枪口换成了"波源",其他实验设置和图形显示图例都与子弹的干涉实验图一样。与子弹实验不同的是,我们在水波的实验中,在墙和吸收器之间看到了水波的干涉现象。关闭一个孔,只由一个孔透过来的水波的幅度由曲线 I_1 和 I_2 表示。两个孔都打开的情况下,透过来的水波的幅度由 I_{12} 曲线表达。见图 2C 中"(c)",我们看到,I_{12} 不等于 I_1+I_2。这是出于分别来自上、下两个孔的水波相位干涉的结果。

图 2B、图 2D 描述的实验都是针对由电子枪发出的系列单电子的。在图 2B、图 2D 中的尺度应该比图 2A、图 2C 两张图的宏观尺度小很多,是微观尺度的,但是并没有直接在图中表示出来。我们看到左、右两侧图表示的实验结果大不相同。在图 2B 中,在(a)墙右侧中轴线处,放置了一个光源。电子穿过光辐射时,会闪亮。如果闪光发生在中轴线之上,说明电子穿过孔 1;如果闪光发生在中轴线之下,电子穿过孔 2。电子到达探测器,会发出"咔嗒"声。这样,通过链接发出"咔嗒"声的探测器的位置和闪亮的位置,人们可以确定电子的轨道,

判断电子是从孔1还是从孔2过来的。实验结果发现,(a)墙右侧的电子,要么是通过孔1,要么是通过孔2。通过孔1的电子概率分布为P'_1,而通过孔2的电子概率分布为P'_2。通过两个孔的总的电子概率分布为P'_{12}。观测表明,$P'_{12}=P'_1+P'_2$。这与图2A显示的相同,这时电子具有粒子的特性。可是,当把光源去掉,再做实验,结果就不一样了,见图2D。通过两个孔的电子的总概率分布是P_{12},不等于P_1+P_2,与水波的干涉实验相似。有光源时,实验人员可以跟踪电子的轨迹,电子呈粒子的特性。没有光源时,电子呈波动特性。但是实验结果的不同,与实验人员是否在现场观测无关。只要有光源,没有观测人员观测,结果也是一样的,电子呈粒子特性。

图2D实验说明,要设计出一种装置来确定电子经过哪一个孔,同时又不破坏电子的干涉图样,是不可能的。实验不能给出电子实际通过了哪一个孔的信息。这是海森堡提出的不确定性原理,就是实验不能同时确定电子的实际精确位置和动量。这一观测的不确定性,使人们不知道电子通过了孔1还是孔2。量子力学不描述单个电子的轨道,而是描述电子落在后障上的概率分布。人们只能预言可能性。这就意味着,量子力学已放弃了要准确预言在确定的环境下单个电子会发生的事情。必须承认,这是我们早先认识自然界的理念的削弱。它或许是倒退了一步,但是我们强烈地感觉到,很可能永远如此,因为自然界实际上就是如此。

2. 量子力学没有颠覆或重塑人们的世界观

《宣言》指出,“在哲学层面上,量子论给人类带来最大的冲击是对实在世界的认识”,“量子现象颠覆或重塑着人们的世界观”。下面我们根据《费曼物理》(图3)的讨论,分5个要点,说明《宣言》说的不是实际情况,量子力学并没有颠覆或重塑人们的世界观。

第一，量子力学不能观测到电子的精确位置，也不能预报电子的精确位置。但是，这并不冲击人们对实在世界的认识。这不过是电子的一个特征，即电子的自然属性，与大尺度物体不一样的自然属性。我们看到，量子力学倒退了一步，不描述电子的精确位置，而是描述电子位置的概率，从而导致量子力学在描述原子现象方面取得了巨大成功。

图 3 《费曼物理学讲义(新千年版)》

第二，量子力学不承认一个粒子的精确位置与它的精确动量的概念是有效概念。因为如果一件事情不能通过测量来定义，它在理论上，就没有地位。当人们批评量子力学不能精确确定粒子轨道时，海森堡(图 4)的回答是:“我不用回答这样的问题，因为你们不能从实验上提出这个问题。”

第三，量子力学放弃描述电子精确位置的想法而去描述电子位置的概率。这一做法并没有否定经典力学的科学方法，而是沿着牛顿开创的重视实验和物理-数学方法的科学道路，建立了描述量子在原子尺度上出现概率的时空变化的薛定谔方程。《费曼物理》认为该方程“可以定量、精确并详细地计算原子的现象”。

图 4 沃纳·海森堡

第四，《宣言》认为非决定性是量子物理的特征，而决定性是经典的特征。这一看法不适合下面的情况。因为即使是在经典力学范围，初始测量的位置也是有误差的，这些误差会逐渐被放大，只要时间足够长，结果就出现完全的随机性。在这段时间之后，就不能做精确预言了，经典物理也成为非决定性的了，与量子力学原则上是一致的。

第五，《宣言》根据量子力学的非决定性，提出量子现象颠覆或重塑着人们的世界观的说法，是值得商榷的。非决定性并没有什么不能接受的，自然的属性而已。《费曼物理》明确指出，“诸如以下的说法，什么由于人类精神表面上的自由与非决定性，我们应当认识到再也不能希望用经典的‘决定论的’物理学来理解它，并且欢迎量子力学将我们从‘完全机械论的’宇宙下解放出来，等等，都是不公正的”。《费曼物理》认为，“这引起了关于意志自由的意义的种种问题和胡说八道，解释精神行为、自由意志的感觉，还引起了世界是不确定的种种观念”。

我们看到，量子力学学科发展的方式，是遵循人们传统的思想方式，没有颠覆或重塑人们的世界观。例如量子力学认为不应谈论那些不能够测量的事情，这与孔子不谈论鬼神的说法是一致的，因为孔子认为鬼神也是不能观测的，人们在讨论不能观测的事情时通常也是疑神疑鬼的；再如，量子力学从人们希望的描述物体的精确位置倒退了一步，去描述电子的出现概率，从而精确地计算和解释了原子的现象。这处理方式正吻合了我们中国人通常的说法：“退一步海阔天空。”

量子力学只是针对量子的特点提出了不同于经典力学的科学描述方法，但是学科的发展，仍然是遵循人们传统的认知的思想方式。并没有颠覆或重塑人们的世界观。

四、《宣言》提出的"量子思维"方法，与量子力学无关，不科学

《宣言》指出："而基于量子论的量子思维，更可能适合于作为生态特例的人类社会。"《宣言》提出：要"构建一种全新的统帅自然与人文社会科学的量子思维方式。"下面我们分析《宣言》提出的这些看法。

1.《宣言》提出："同一个实物粒子，如何既在此处又在彼处？"

客观事物的存在性，是否要依赖于观测者？这类问题引发了关于科学实在论与反实在论之间旷日持久的争论，直至今天也尚无定论。量子论不但影响着人们对外部世界的认识，也在促使人们重新思考人类自身的属性。

本文分析之一：《宣言》提出的"同一个实物粒子，如何既在此处又在彼处？"的这一问题的描述不是量子力学的观测结果。如果《宣言》所说的实物粒子是电子，量子力学确实不能确定该电子的位置，但不是说，同一个实物粒子"既在此处又在彼处"，这不是电子实验证明的结果。双孔实验显示，同源发出的电子在后屏上有概率分布，可以说，电子在后屏上的出现，在此处和在彼处都有一定的概率。但是，电子落在后障上一个位置之后，就不可能出现在其他位置了。《费曼物理》指出，对于图 2D 所表达的实验，位于后障的探测器发出一个"咔嗒"声，表达一个电子到达。实验中，所有的"咔嗒"声全都相同，绝没有"半咔嗒"声。电子总是以完全相同的颗粒到达。所有颗粒都是同样大小，只有整颗到达的颗粒，并且每次只有 1 颗到达后障。如果在后障上分别放置两个探测器，那么，这一个或那一个将会"咔嗒"发声，但是绝不会二者同时发声。因此，我们得出结论，任何到达后障的"东西"

总是呈“颗粒”的形式。每一次测量，粒子只落到后障上的一个位置。不会“既在此处又在彼处”。但是不同次的测量，粒子会落在后障上不同的位置。综合多次测量的结果就产生粒子落点的概率分布图案。实验中的概率分布图是稳定的。

本文分析之二：《宣言》提出的“客观事物的存在性，是否要依赖于观测者”这一问题在量子力学中是不存在的。量子力学的实验结果，是不依赖观测者个人是否在场的，不依赖观测者是姓李还是姓王。图 2B 与图 2D 的结果不同，是因为图 2B 中多了一个光源。光源的作用，使得两者结果不同。实验结果的不同与观察者个人无关。详细分析如下。

(1) 双孔实验不依赖于观察者。在图 2B 的干涉实验中，除了光源，还必须有观察者记录闪光，也就是《费曼物理》中的“我们”。如果“我们”不在场，闪光的电子仍然闪光。观察者(我们)的作用只是记录。从文字上说，把光源说成是观察者，属于用词不当。因为，光源是“仪器”，观察者是“人”，光源本身没有意识，而人是有意识的。说与“观察者有关”的说法是把观察者个人与观察仪器混淆了。《费曼物理》给出了一个自动记录、不需要观察者记录的双孔实验的图(见该书第三卷)。在该图中，两个小孔的右上和右下，分别安置两个光子探测器，用以测量被电子散射的光子数，用以代替观察员计数。

(2) 观察者个人不能改变电子状态。《费曼物理》说，“当我们没有看到电子时，就没有光子干涉，而当我们看到它时，它已经受到了光子的扰动”。因为电子闪光，观察者才看得到。电子闪光，是与光子相互作用的结果。观察者事先不能决定该看到的电子是否闪光。有人说，“一旦电子被观测后，它们立刻选择成为粒子”。这句话是不对的。应该是，“一旦电子散射光子而成为粒子，就能被观察到”。

(3) 光源的影响。《费曼物理》指出，在电子双孔实验中，光源是为了测量的目的设置的,但是在实验中,光子被电子散射所引起的效应足以抹掉任何电子原来具有的干涉效应。曾谨言的书《量子力学》第5版序言和卷Ⅱ第121页,都谈到双缝实验。该两处都说是"观察"的作用,没有把"观察"说成"观察者"。该书指出"哥本哈根解释"认为,不可避免的测量仪器的干扰使得电子失去了波动特性。我们无法探测一个不和任何物质发生作用的电子,因为对那样的电子我们不能实施任何"观测"。但是,在双孔实验中,这个电子与物质发生的作用的影响太大了,电子的干涉效应太微弱,很难使其不受影响。当然,也有不同的解释。但是,讨论这些解释应该是物理学家的事。这不是哲学家和其他领域的科学家的"量子思维"能讨论清楚的。因为讨论需要物理实验和理论模型的支持,不是空对空的论战能解决的。

本文分析之三:关于《宣言》提出的量子论促使人们重新思考人类自身的属性的说法,也是没有根据的。在前文详细引用了《费曼物理》关于这问题的看法,这里不再重复。

2.《宣言》提出:量子思维方式,是一种具有量子概率性的思维方式

在以牛顿力学为基础的经典思维方式中,事物的运行被认为是可以精确描述的。之所以需要对事件进行经典概率描述,是因为人们所掌握的系统初始状态和外部边界条件的信息不够,若能准确知道系统的初始状态和边界条件,原则上就可预测其后任意时刻的运动状态。但与经典思维方式明显不同,量子思维方式基于量子论的基本思想,认为量子概率是事物的内禀属性:对量子论而言,由于量子概率的存在,即使掌握了系统的初始状态和边界条件,也无法完全准确预测系统以后的运动状态(包括位置、动量等)。

本文分析:《宣言》认为"若能准确知道系统的初始状态和边界条

件，原则上就可预测其后任意时刻的运动状态”，是错误的。因为在任何情况下，都不可能准确知道系统的初始状态和边界条件，因为测量误差总是存在的。《费曼物理》在第三卷2～6节（哲学含义）中明确指出，“我们必须强调，在某种意义上经典物理也是非决定性的”，与量子力学的非决定性的特点没有本质区别。我们已经在前文中讨论过这一问题，不再重复。

3.《宣言》提出：量子思维，是一种非定域的思维方式

通俗地理解，就是非局限、非固定的思维方式。随着信息时代与智能时代的到来，世间万物的联系愈加纷繁复杂。经典的思维方式，在海量信息的冲击下，开始暴露出固有的诸多局限。传统的“定域”范围被现代科技所突破，远隔万里的信息也可以快速传递、分享和利用。量子思维的非定域性内涵，使得人们可以更多地采用全局性、多方位的视角看待、处理问题。

本文分析：《宣言》提出的量子思维的非定域的思维方式在量子力学领域来说是没有统一认识的。非定域的概念是描述在空间中彼此分离的两个系统之间存在着相互纠缠的现象。然而，纠缠现象的产生原因，在学术界没有共识。也就是说，目前我们只是知道观测事实，而无法解释其产生的原因。成素梅指出：“物理学家普遍地把非定域性概念的基本含义简单地理解为：在空间中彼此分离的两个系统之间存在着相互纠缠。问题在于，微观领域内的非定域性究竟意味着什么？应该对这种非定域性进行怎样的理解？承认微观粒子之间的非定域性关联，是否意味着存在超光速传播？或意味着量子论与相对论之间存在着内在矛盾？学术界对诸如此类的问题并没有形成一致性的共识。”《宣言》认为经典的思维方式是传统的定域的，完全没有根据。牛顿的万有引力定律就是非定域的。《宣言》提出的“人们可以更多

地采用全局性、多方位的视角看待、处理问题",是人们自然的思考方法,就是人们通常说的,看问题要全面,与量子力学非定域的现象没有关系。

4.《宣言》提出:量子思维确认事物间存在不可消除的不确定性

无论多么精密的仪器,多么精巧的实验,对于一对共轭变量的测量,总是存在着相互制约的不确定性。量子思维方式的不确定性内涵提醒我们,在信息时代,关联无处不在,人们对一些信息的提取,既受到其他信息的制约,也可能会瞬间影响另一些信息的表达,使得系统无法得到完全精确的描述。

本文分析:《宣言》指出"对于一对共轭变量的测量,总是存在着相互制约的不确定性"。这是指的海森堡的不确定原理,可由如下数学关系表达:$\Delta p \Delta x \geqslant h'$(这里 Δp 和 Δx 分别表示粒子的动量和坐标的不确定程度,h' 为修正普朗克常数$=1.05\times10^{-34}$ J·s),表明对于同一粒子不可能同时精确确定其坐标和动量,这里坐标和动量即为一对共轭变量。《宣言》没有给出在量子思维语境下,共轭变量是指什么事物。显然,人体的体温和人体的重量不是共轭变量。再有,这里的叙述与第二点发生矛盾。在那里,《宣言》认为系统的运行是可以精确描述的。《宣言》在这里说"系统无法得到完全精确的描述"是一个与量子力学无关的、大家都认可的描述。

5.《宣言》提出:(爱因斯坦)关于量子力学完备性的讨论中,提出了以概率决定论来替代因果决定论的思想

无论是客观的事物,还是主观的想法,都不必处在非黑即白、非此即彼的状态。量子思维方式要求我们从多个视角、多个方面看待事物及其运行所呈现的现象,哪怕这些视角或方面之间是相互排斥的。某

些相互排斥的现象或状态之间也可以是互补的,比如一种文化的地方性和普适性。基于这样一种思维方式,在实践中,我们就能更为全面地认识和把握复杂的人类行为和社会现象。

本文分析:《宣言》提出的“从多个视角、多个方面看待事物及其运行所呈现的现象”,就是考虑问题要全面。这是一般人,特别是那些有经验的人思考问题的方法,与量子力学适用概率描述没有关系。

实际上“量子思维”不是基于量子力学的概念,与量子力学无关。正如《费曼物理》明确指出的:“我们简单地谈谈量子力学的某些哲学含义。……在把和科学有关的哲学观念引申到其他领域中去时,这些概念往往被歪曲了。”

五、《宣言》标示的“量子思维”成果,无创新

我们已经分析了“量子思维”的一些内容,下面我们分析“量子思维”的成果。从该思维方法产出的成果的创新性来分析该方法的功能。《宣言》给出了“量子思维”的成果,包括关于宏观经济的、关于教育中的考试环节的和关于教育中因材施教的一些建议。下面我们来分析这些成果。

1.《宣言》量子思维成果一

驱动管理者改变经营理念,从利润转向价值,从控制转向赋能,从利己转向利他,从独创转向共创,重塑多元包容、积极乐观、整体全面、和谐协同、利他共创的管理新格局。

本文分析:《宣言》提出的这些管理理念非常好,应有尽有了。应该是管理者长期以来的梦想。但是其与量子力学没有关系,也没有给出到达这些目标的路径。正如王迎军指出的那样:“迄今为止,无论从

知识论，还是从管理理论角度看，在组织学领域中，量子思维并没有带来真正意义上的新知识，它所描述的一些管理特征，在200年以前的空想社会主义实践到1960年代的授权管理实践中都已经出现，而且这些事件已经被归纳成了理论知识，如加里·哈梅尔在他的《管理大未来》一书中对一些新型组织及运作方式就有详细的介绍。”

2.《宣言》量子思维成果二

在宏观经济层面上，需关注宏观世界和微观世界的复杂关联性。我们倡导把中国问题融于世界经济范畴的宏大研究视角，倡导中国研究成果要贡献于世界知识体系的目标取向。在有关世界经济和中国经济相互影响的长期研究中，我们要找寻东西方文明融合互鉴的新路径和新趋势，探寻经济社会和自然世界和谐共处的可持续性方案。

本文分析：《宣言》提出了经济发展与环境保护协调发展；内循环与外循环相互促进；东西方文化的交融等问题。这些问题是多年来社会上反复讨论过的有关经济的全球化的问题，与量子力学没有关系，《宣言》没有创新，没有给出解决方案。

3.《宣言》量子思维成果三

学生的智慧与素养会被教育环境所影响，但在同一个教育环境中，不同的主体参与者也会分化出不同的智慧与素养能级。在经典教育测量理论中，学生在某个时刻的能力具有一个真实值，考试是一个探测教育结果的独立环节，不影响学生能力的真实值。我们会发现考试本身就是完整教育过程的重要一环，不仅可以测量学生的能力，还会影响学生能力的发展。

本文分析：《宣言》提出考试是一个探测教育结果的独立环节，还会影响学生能力的发展。这是所有老师和学生都知道的事，与量子力学无关。

4.《宣言》量子思维成果四

有些能力或性格可能是不相容的，对于某一种能力的提升可能会限制另一种能力的发展。与之相联系，因材施教、尊重个性应成为教育的基本原则。让学生在世界观形成的早期，就了解这个世界是在动态发展的，了解世间万物是相互关联的，了解人的发展是充满各种可能性的。

本文分析：《宣言》提出因材施教、尊重个性的原则，这并不是《宣言》的创新。孔子（图5）在几千年前，最早提出这一原则，并在他的教育实践中实施。

图5 孔子

我们看到，《宣言》运用“量子思维”提出的这些问题都一直是人们关心和探讨的问题。没有新意，与量子力学无关。

六、结论：《宣言》对牛顿经典思维描述不真实，提出的“量子思维”不科学、无创新

《宣言》认定牛顿经典思维“有排他性”、“机械分割”和“不顾整体”等特点没有根据，不符合事实。《宣言》提出的“量子思维”由量子力学的生僻专业名词点缀得天花乱坠，实际上与量子力学没有科学联系。“量子思维”针对社会学项目思维得出的成果没有创新。社会中的不同领域，例如经济领域和教育领域都有其各自的规律，有其各自的研究方法和描述方法，不是量子力学方法能够促进的。原子中的电子无论如何不能知道学校中的因材施教应该如何进行。量子力学发展到

现在已经有97年的历史了，关于人们所说的“量子思维”的讨论也有差不多长的时间了。我们的分析表明：“量子思维”没有明确可实施的思维指南；“量子思维”与量子力学没有清楚的联系；“量子思维”成果没有创新；《宣言》说“量子思维”可能更适合作为生态特例的人类社会，没有根据。为了提高公民的思维能力，教育工作者需要用简明易懂的语言去描述思维规律；为了培养中国的后继人才的优良学风，教育工作者要做出好的学风典范，论断要有事实根据，推理要讲逻辑。

2022年8月16日发表于“科学的历程”公众号

参考文献

[1] 华东师范大学量子思维项目组. 量子思维宣言[J]. 哲学分析，2021，1(5)：160-168.

[2] 钱旭红. 钱旭红：当奇点和量子碰撞社会科学[EB/OL]. (2021-12-12). https://wenhui.whb.cn/third/baidu/202112/11/438499.html.

[3] 王湘蓉. 教育需用生长看待并解决一切问题：专访中国工程院院士、华东师范大学校长钱旭红[EB/OL]. (2022-06-03). https://mp.weixin.qq.com/s?__biz=MzI2NTY2MTA2MQ==&mid=2247548377&idx=1&sn=686b3e48340002c81506b08e5fe69579&chksm=ea9b8233ddec0b25f9f87965d49f0457882a5415c7e5c62612f7badf2ccd31f8318f49f035b1&scene=27.

[4] 牛顿. 自然哲学之数学原理[M]. 王克迪，译. 北京：北京大学出版社，2020.

[5] 亚历山大·柯瓦雷. 牛顿研究[M]. 张卜天，译. 北京：商务印书馆，2016.

[6] 科恩. 牛顿革命[M]. 刘兵，颜锋，译. 南昌：江西教育出版社，1999.

[7] 王迎军. 我对量子思维的几点认识[EB/OL]. (2021-01-17). https://zhuanlan.zhihu.com/p/345002393.

[8] 向义和. 大学物理导论[M]. 北京：清华大学出版社，2000.

[9] 费曼，莱顿，桑兹. 费曼物理学讲义：新千年版(第1卷)[M]. 郑永令，华宏鸣，吴子仪，等，译. 上海：上海科学技术出版社，2020.

[10] 费曼,莱顿,桑兹.费曼物理学讲义:新千年版(第 3 卷)[M].潘笃武,李洪芳,译.上海:上海科学技术出版社,2020.

[11] 成素梅.量子非定域性概念的哲学内涵与意义[J].清华大学学报:哲学社会科学版,2004,19(1):8.

[12] 曾谨言.量子力学:卷Ⅱ[M].5 版.北京:科学出版社,2014.

“九章”是量子计算，还是光学实验？
——评《科学》期刊文章

一、引言

中国科技大学潘建伟团队于2020年12月3日在《科学》期刊上发表标题为《利用光子实现量子计算优越性》(*Quantum Computational Advantage Using Photons*)的文章。该文发表该团队做的“高斯玻色采样”的实验结果。该结果显示有76个被探测到的光子，这远远超过了先前创下的有5个被探测到的光子的纪录。《科学》期刊审稿人认为，此项成果是“最先进的实验”，“这个实验技术挑战非常巨大”。加拿大卡尔加里大学教授、量子科学和技术研究所所长Barry Sanders说：“为了获得此结果，他们必须解决许多非常困难的技术问题。仅仅在技术层面上，他们所取得的成就也令人印象深刻。这是人们梦寐以求的实验，他们做成了，让梦想走进现实。”

确实，大家对于实验的先进性、实验解决的问题、实验技术的挑战，没有争论。可是却出现了针对该文章的标题及内容的异议。该文的标题是《利用光子实现量子计算优越性》；论点是其用光子做的实验就是量子计算，比起当代超级计算机有优越性。该文给出如下具有争议的结论："九章"（该实验设备的名称）量子计算系统处理"高斯玻色采样"的速度比目前最快的超级计算机快100万亿倍；"九章"几分钟完成的任务，超级计算机需要1亿年；等效速度比谷歌发布的53个超导比特量子计算原型机"悬铃木"快100亿倍。对此，人们提出如下概念性的或者是逻辑性的问题：该文章模拟"高斯玻色取样"的过程是物理实验还是量子计算？实验装置是不是量子计算机？实验获得结果的速度与超级计算机数值模拟该项任务的速度比较是否有意义？讨论这些问题，对于准确描述相关科技现象是重要的，对于引导公众的理解是重要的。

本文从如下几方面讨论问题：①《科学》的文章内容的科普理解是怎样的？②《科学》的文章描述的过程是物理实验还是量子计算？该装置是光学实验设备还是量子计算机？③实验获得结果的速度与超级计算机数值模拟的速度比较有没有意义？

二、《科学》的文章内容的科普理解

我们先简单科普一下"玻色采样"问题。

所谓"玻色采样"问题，可以解释成一个量子世界的高尔顿板。这个问题的模型如图1所示，小球从最上方被扔下，每经过一个钉板，都有一半的可能从左边走，一半的可能从右边走，当有很多个小球从上往下随机掉落时，落在下面的格子里的小球在数量分布上会呈现一定的统计规律（高斯分布）。

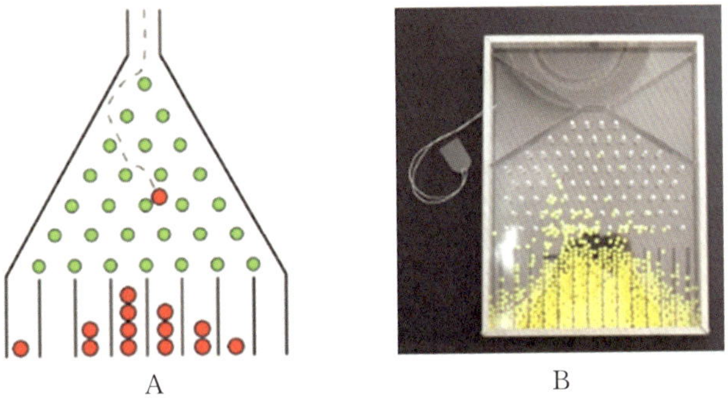

图 1　高尔顿板问题

A. 原理；B. 真实实验的照片

图 2 显示“玻色采样”的基本目的：求当 n 个全同玻色子经过一个干涉仪（线性变换器）之后，形成的输出概率的特定分布。这就是一种量子版的“高尔顿板”问题。就像图 2 展示的那样，小球变成了光子，钉板变成了分束器，若干个光子进入网格之后，经过分束器组成的干涉仪，最终分别在一些出口被探测到，记录下来，就是一个采样。积累之后，光子数也会有一个分布。每一种采样结果都对应一个概率。全部可能的采样结果就构成输出态的态空间。

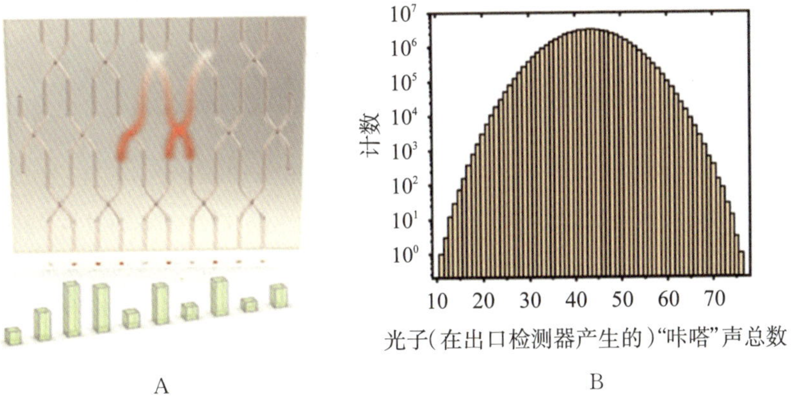

图 2　“玻色采样”概念图

A.“九章”实验的原理图，光子干涉网络和结果分布的示意图；

B.“九章”实验最终探测到的光子数分布。这高斯分布横轴最高的数目是 76 个光子与利用硅处理器构建的传统计算机不同，“九章”机器（该文称他们的高斯采样装置为“九章”机器）是一个由激光器、反射镜、棱镜、分束器和光子探测器组成的精密桌面装置，见图 3。

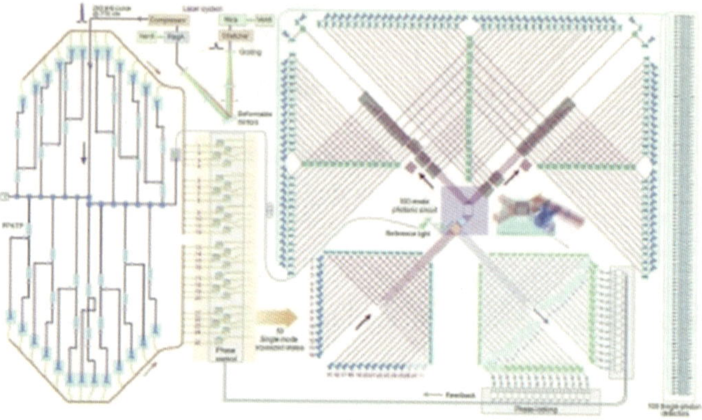

A

B

图 3 “九章”量子计算原型机光路系统原理图（图 A）和实际装置照片（图 B）

左上方激光系统产生高峰值功率飞秒脉冲；左方 25 个光源通过参量转换过程产生 50 路单模压缩态输入到右方 100 模式光量子干涉网络；最后利用 100 个高效率超导单光子探测器对干涉仪输出光量子态进行探测 制图：陆朝阳、彭礼超

《科学美国人》月刊网站 2020 年 12 月 3 日报道给出如下描述：“‘九章’的运行从一束激光开始，这束激光被分成若干束，去打击 25 个

由磷酸氧钛钾制成的晶体。每个晶体被击中后，它会可靠地向两个相反方向吐出光子。然后这些光子被送入光量子干涉网络的100个输入端，在那里它们快速穿过一条由300个棱镜和75面反射镜组成的路径。最后，这些光子落在100条狭缝中，并在那里被探测到。实验运行的平均时间为200多秒，中科大团队在每次运行中平均探测到大约43个光子。但在一次运行中，他们观测到76个光子。"这就是"高斯玻色采样"。

三、"九章"是物理实验还是量子计算？

要评论该文章的结论，我们首先要搞清楚两个核心问题：《科学》的这篇文章中描述的过程，究竟是物理实验过程，还是量子计算过程？相应装置是光学实验设备，还是量子计算机？

物理实验与计算机计算的区别如下。在物理实验中，在初始条件给定后，各个中间物理过程以及结果都是真实自然发生的。而在计算机模拟计算中，这些中间过程都是利用对相应的物理定律的数学描述，用数学建模和数学方法计算出来。这种计算，需要给出中间过程某一时刻的所有有关数据，才能计算下一时刻的状态。由于对于相应物理规律认识的局限性，又由于计算机条件的限制，数值模拟计算很难精确再现自然过程。例如两个真实的小球相碰的实验。两个小球相向运动，碰撞后自然弹开，可以直接测量两个球的初速度和末速度。但是在数字计算过程中，需要计算小球的质量、入射角度、速度、表面弧度、硬度、弹性、碰撞时表面的压缩过程等，然后才能计算出小球碰撞后的状态。计算的精度受这些因素的影响。

我们看到，两者的差别是明显的。物理实验是真实发生的物理过程，而计算机的模拟计算是根据相应物理规律的数学描述，通过计算再现相应的物理过程。再精确的数值模拟结果，都不能完全描述客观真实发生的过程。

《科学》的文章所述的“高斯玻色采样”的物理实验中，各个中间过程中，都是真实发生的物理过程，这些物理过程都是“玻色采样”要求的。最后实验的结果（见图 2 中右图的分布）是真实物理过程的统计。整个过程没有引入任何基于物理规律的计算。这显然是一个物理实验过程，而不是任何计算过程。用真实的光学实验实现了“高斯玻色采样”问题的要求，实验直接给出了结果，没有任何常规和量子的计算介入。这一实验，可以看作是光量子实验，与量子计算机的数值模拟计算没有任何关系。

实际上《科学》的文章正文明确指出他们所做的是实验，而不是计算。该文用下面的句子开始描述“九章”机器，“We name our GBS machine Jiuzhang. We start describing the experimental results from ...”（我们把我们的 GBS 机器名为“九章”，我们从……开始描述实验结果）。这表明，“九章”机器是用来做实验的。该文也明确表明他们的结果是“实验结果”（experimental result），是“实验确认”（experimental validation）的结果（图 4）。

Fig. 3. Experimental validation of the GBS. (A) Experimental (red) and theoretical (blue) two-photon distribution with three TMSSs input. (B) Summary of statistical fidelity and total variation distance of two-photon distribution for 23 different input sets. (C) The output photon number distribution with all 25 TMSSs in. The average detected photon number is 43, while the maximal detected photon number is 76. (D) Summary of the output state-space dimension. (E) The photon-number distributions of the experimental result (red), from thermal state (blue) and distinguishable SMSS (purple), respectively. The deviations of the line shape and peak positions indicate that our experiment is far from these two hypotheses. (F) Two-photon correlation statistics for all 2-mode combinations. The statistic of the experimental results (red) highly overlap with the theoretical predictions (orange), and deviate significantly from the thermal state hypothesis (blue) and the distinguishable SMSS hypothesis (purple). (G) Validation against thermal-state hypothesis with detected photon number ranging from 26 to 30. (H) Validation against uniform distribution.

图 4 《科学》的文章中 Fig. 3 的说明显示相关团队 4 次用“实验”来描述他们的结果

该文章的这些描述，与人们的理解是完全一致的。在文章描述的“高斯玻色采样”的实验中，光子经历的都是实际的物理过程——光子干涉，没有任何计算结果介入。在任何意义上说，测到的 76 个光子都是真实存在的，不是计算出来的。这套设备可以说是"玻色采样"的专用物理实验设备，绝对不是量子计算机。

但是，该文章中出现了自相矛盾的观点。虽然该文认为所获得的结果都是实验得出的结果，但是该文的标题是《利用光子实现量子计算优越性》。更让人不能理解的是该文在摘要中写道"The photonic quantum computer"（这台光量子计算机），如图 5 所示，并且通篇文章没有一处给予解释。这既不符合人们通常的语言表达方式，更不符合有关计算机的概念和定义，该文的结果是"The photonic quantum computer generates up to 76 output photon clicks"（这台光子量子计算机产生了 76 个光子）。

Quantum computational advantage using photons

Han-Sen Zhong[1,2*], Hui Wang[1,2*], Yu-Hao Deng[1,2*], Ming-Cheng Chen[1,2*], Li-Chao Peng[1,2], Yi-Han Luo[1,2], Jian Qin[1,2], Dian Wu[1,2], Xing Ding[1,2], Yi Hu[1,2], Peng Hu[3], Xiao-Yan Yang[3], Wei-Jun Zhang[3], Hao Li[3], Yuxuan Li[4], Xiao Jiang[1,2], Lin Gan[4], Guangwen Yang[4], Lixing You[3], Zhen Wang[3], Li Li[1,2], Nai-Le Liu[1,2], Chao-Yang Lu[1,2], Jian-Wei Pan[1,2†]

[1]Hefei National Laboratory for Physical Sciences at Microscale and Department of Modern Physics, University of Science and Technology of China, Hefei, Anhui 230026, China. [2]CAS Centre for Excellence and Synergetic Innovation Centre in Quantum Information and Quantum Physics, University of Science and Technology of China, Shanghai 201315, China. [3]State Key Laboratory of Functional Materials for Informatics, Shanghai Institute of Microsystem and Information Technology, Chinese Academy of Sciences, Shanghai 200050, China. [4]Department of Computer Science and Technology and Beijing National Research Center for Information Science and Technology, Tsinghua University, Beijing 100084, China.

*These authors contributed equally to this work.

†Corresponding author. Email: pan@ustc.edu.cn

Quantum computers promises to perform certain tasks that are believed to be intractable to classical computers. Boson sampling is such a task and is considered as a strong candidate to demonstrate the quantum computational advantage. We perform Gaussian boson sampling by sending 50 indistinguishable single-mode squeezed states into a 100-mode ultralow-loss interferometer with full connectivity and random matrix—the whole optical setup is phase-locked—and sampling the output using 100 high-efficiency single-photon detectors. The obtained samples are validated against plausible hypotheses exploiting thermal states, distinguishable photons, and uniform distribution. The photonic quantum computer generates up to 76 output photon clicks, which yields an output state-space dimension of 10^{30} and a sampling rate that is ~10^{14} faster than using the state-of-the-art simulation strategy and supercomputers.

图 5 《科学》的文章部分截图

什么是实验？什么是计算？人们有着通常的理解，没有计算功能的机器就不能叫作"计算机"。当然，将来的量子计算机，可能将由一套光学设备组成，由光子在复杂光路中运行来完成计算任务。但是光子在计算机中所经历的物理过程应该与计算任务要描述的物理过程没有关联。也就是说，计算机是通过计算来求得解答的，而不是通过直接的实验来求得解答。

我们将发文专门证明“九章”机器也不能看作模拟计算机。

四、“九章”模拟器与超级计算机速度的比较有意义吗？

既然《科学》的文章获得的结果来自实验，那么将实验获得结果所需的时间与超级计算机数值模拟的所需的时间比较有没有意义呢？

该文章在摘要中强调“The photonic quantum computer ... a sampling rate that is 10^{14} faster than using the state-of-the-art simulation strategy and supercomputers”(这台电子计算机给出的采样率比顶尖水准的模拟方法和超级计算机要快 10^{14} 倍)，图 6 是该文给出的对于输出不同数目的光子的实验时间的比较结果。但事实上，这一时间的比较是没有意义的。

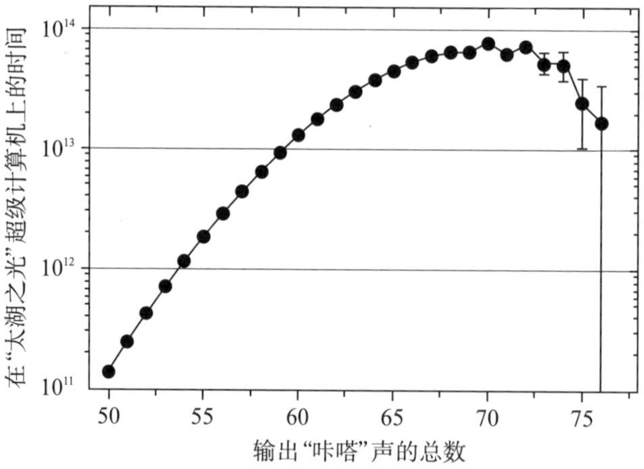

图 6 “九章”相对于“太湖之光”的优势比较

该文认为，根据目前最优的经典算法，“九章”花 200 秒采集到 5000 个样本，如果用我国的“太湖之光”，需要运行 25 亿年，如果用目前世界排名第一的超级计算机“富岳”，也需要 6 亿年。这样的优势十分明显。该文认为可以等效地对比谷歌发布的53比特量子计算原型机"悬铃木"：对于"悬铃木"来说，200秒完成的任务，超级计算机"顶点"需要2天，考虑"顶点"和"富岳"的算力差距，"九章"等效地比"悬铃木"快100亿倍。

综上所述，从一般逻辑思维来看，人们只能在相同的计算任务的情况下，才能比较两个计算机的计算快慢。如同在比较两辆汽车速度的快慢的测量安排中，它们必须跑相同的路线。所谓量子计算的计算能力超过经典计算机的计算能力，是指对于明确给出的相同初始数据和清晰的计算过程的计算的比较。用"玻色采样"的实验与超级计算机比较是不符合比较规则的，因为该实验中间过程中每个节点的光信号的变化，都是自然干涉的结果，都是客观物理过程。而数字计算机需要根据物理规律计算来描述这些物理反应的过程，因而费时而且难以得到精确结果。"九章"机器通过物理过程来实现的速度，是物理模拟实验的速度，不能与任何计算机数值模拟的速度比较。计算机数值模拟真实的物理过程需要很长的计算时间，是一个大家都知道的普遍现象。例如，模拟核弹爆炸，超级计算机要计算很长时间，但是真正的核弹爆炸生成爆炸参数就那么一瞬间。比较核弹爆炸发生的时间与用超级计算机进行数值模拟所需要的计算时间的长短没有意义。这种对两种不同类事物的比较是没有意义的。

《科学》文章所描述的设备（"九章"机器）不是量子计算机，既不能存储也不能计算。那是一台"玻色采样"专用光学实验设备。把光学实验设备的实验时间与超级计算机的数值模拟的计算时间比较，是没有意义的。别说快多少倍，就算1∶1的时间，或者不计时间，"九章"机器也完成不了目前超级计算机甚至一般计算机所能完成的最简单的计算任务。

Aaronson和Arkhipov (2011)提出"玻色采样"的任务。该文提出要寻找一个量子系统，比人们想象的通用量子计算机更接近目前实际实验水平的量子系统，比较容易实现，但是该系统很难被经典计算机模拟描述。为此目的，该文提出了一个关于光子产生和运动的数学模型。该文证明，该模型描述的正是这样一个量子系统，就是该文章描述的“玻色采样”实验。对于该系统(的数学模型)，即使近似和粗略的经典计算机的数学模拟计算都会瓦解。这样就能显示量子世界的复杂性。但是，该文章没有说，那种量子系统就是量子计算机。该文给出的只是一个理论，不需要量子光学知识。该《科学》文章报道的实验，在前人实验的基础上，更好地实现了 Aaronson 和 Arkhipov (2011)提出的“玻色采样”量子模拟系统。虽然不是量子计算机，但是根据 Aaronson 和 Arkhipov(2011)的证明，实现了“玻色采样”，就表明量子系统的复杂性不是经典系统能够模拟的。《科学》的文章描述的设备(“九章”)虽然不是通用量子计算机，但是能够显示量子系统的复杂性，这使得学术界在认识上前进一步。

五、结论

综上所述，潘建伟团队发表的文章报告了一个最先进的实验、人们梦寐以求的实验和技术挑战非常巨大的实验。该实验显示了量子系统的复杂性。但是该《科学》文章的表述，混淆了实验与计算的概念，该文提出的看法，“其用光子做的实验就是量子计算，比起当代超级计算机有优越性”，实在是牵强附会。本文指出，该《科学》文章，混淆了实验与计算的概念，所做的光学实验与量子计算无关，“九章”机器不是量子计算机，不能直接显示量子计算的优越性。

2020 年 12 月 21 日发表于“pku 空间所”公众号

参考文献

[1] Zhong H S, Wang H, Deng Y H, et al. Quantum computational advantage using photons[J]. Science, 2020, 370: 6523-6530.

[2] 林梅.经典和量子之争：中国科学家实现"量子计算优越性"里程碑[EB/OL]. (2020-12-04). https://baijiahao.baidu.com/s? id=1685107500104437753&wfr=spider&for=pc.

[3] 程碧波.高斯玻色采样不是量子并行计算而是经典的硬件蒙特卡洛模拟[EB/OL]. (2020-12-04). https://blog.sciencenet.cn/blog-3424736-1261086.html.

[4] 美媒解读："九章"计算机再次演示量子霸权[EB/OL]. (2020-12-05). http://m.cankaoxiaoxi.com/toutiao/science/20201205/2426341.shtml.

[5] 常河."九章"到底有多神[EB/OL]. (2020-12-07). https://baijiahao.baidu.com/s? id=1685366606899073433&wfr=spider&for=pc.

[6] Aaronson S J, Arkhipov A. In Proceedings of the 43rd Annual ACM Symposium on Theory of Computing[C]. New York: ACM, 2011.

[7] PRESKILL J. Quantum computing and the entanglement frontier: Rapporteur talk at the 25th Solvay Conference[R]. American Physical Society, 2012.

编后 2020年12月29日(周二)

我刚刚听完墨子沙龙和知识分子主办的网上直播讲座——"'九章'到底是什么?"《科学》文章的作者有两人参加，潘建伟和陆朝阳，嘉宾5个人(张峥、陆品燕、王飞跃、朱晓波、张胜誉)，主持人是张力奋，除一人(朱晓波)来自科大同一实验室没有表态外，其余四个人都不赞同"九章"是量子计算机的说法。他们认为，应该先把量子计算机的定义明确，比较快慢应该是对相同的任务，不能与谷歌的能编程的机器比较。他们还开玩笑说，出了这种概念描述的错误，可能是由于理科生没有学好语文。最后，潘建伟同意说，可以称之为“专用量子模拟机”，陆朝阳说可以叫“量子硬件处理器”。看来，我文章的观点都对了。科学家的看法与公众看法一样。陆朝阳说，计算机的说法是受美国有关科学家的影响，大家纠正他的说法，认为是文字理解上的差异造成的。潘建伟和陆朝阳说，媒体没有做好，媒体要改正错误。但是，立即被主持人纠正，说不能一出事就赖媒体。

计算机、实验模拟计算机和计算机模拟概念的界定

摘要 《科学》文章把玻色采样实验设备说成是光量子计算机，并称其为“九章”机器，强调显示了量子计算的优越性。虽然该文作者之后通过网上直播讲座声明说“九章”是“专用量子模拟机”或“量子硬件处理器”，但是该《科学》文章，仍然在公众中造成严重误导。人们顾名思义把光量子计算机理解为是一台通用量子计算机，认定中国量子计算机“九章”研制成功，取得了重大科研成果。人们觉得有理由相信该《科学》文章是有道理的，因为该文是经过严格评审的，其评审人就是7年前提出玻色采样实验项目的文章作者——Scott Aaronson。通过分析该审稿人的文章，可以发现该文章产生的误导不是审稿人的本意。因为他7年前的文章就明确指出，玻色采样实验设备没有通用量子计算机的功能，而且玻色采样的目的不是为了数学计算。本文首先讨论计算机、实验模拟计算机和计算机模拟等概念的界定，然后根据这些概念，讨论该《科学》文章概念的混淆和误导是如何发生的。从任何角度说，玻色采样实验都不是计算过程，也不是计算模拟过程，与量子计算也没有任何关联；“九章”机器只是玻色采样的实验设备，与通用量

子计算机没有任何关联。

一、计算机、实验模拟计算机和计算机模拟等概念的界定

要判断“九章”机器是不是量子计算机，就得了解计算机的定义；要讨论玻色采样实验是不是显示了量子计算的优越性，就要了解什么是计算机模拟和模拟计算机。对于这些概念，没有公认的明确、严格的定义来界定。通常不同学科和不同个体的看法和用法都会不同，因此我们没有必要过分局限于名词本身，而是要把注意力放在具体的内涵上，避免由于没有公认的定义而引起概念的混淆。接下来，我们将阐述该《科学》文章导致的误导正是由于这些概念的混淆产生的。

1. 什么是计算机？

（1）广义的定义。对于计算机没有公认的定义。一种广义上的定义是，有计算功能的机器就是计算机，或者说能完成计算任务的机器就是计算机。那么算盘和计算尺是计算机；手摇计算器、专用模拟器也是计算机；收音机的功率放大部件以及加法器、乘法器等都可算是计算机。通用计算机可通过编程计算各种问题，但是对有的课题，需要很长计算时间，而模拟器是针对特殊问题设计的，可以在很短时间得到答案，两者都是计算机。这是广义的计算机的定义，这种定义，可能是从计算机学科划分的角度来看的。

（2）狭义的定义。能够求解有解析表达式和没有解析表达式的各类复杂的函数问题的机器叫计算机，而只能求解单一计算问题的机器叫计算器，或者叫专用计算机。这一定义，把模拟器排除在计算机的定义之外，突出了计算机通用的特点。在名称上，有计算机功能专用定语的计算机是专用计算机，而没有专用定语的计算机是通用计算

机。这一定义也与 Preskill(2012)的定义是一致的。Preskill 指出,“一个通用的量子计算机应该有高度的适应性,能够有效模拟任意合理的物理系统,而相似量子模拟装置有内在的限制”。该定义表明,量子计算机应该是通用数值计算机。

(3) 作为商品名称的定义。计算工具的使用不仅限制在计算专家的学术范围,各行各业都在使用不同类型的计算工具。公众使用的计算工具是通过商业渠道购买的,这使得公众对计算工具名称的认知受到商品名的影响。商家希望通过商品的名称表达商品的功能和复杂程度。商家不会把算盘和计算尺称为计算机,被他们称为电子计算机的商品都是通用的能编程的。我们用的笔记本电脑的商品名称是便携计算机,而我们用来进行简单计算的计算工具的商品名称是计算器。公众在实际生活中接受了对计算工具称呼的这种理解。

2. 什么是实验模拟计算机?

下面我们给一个模拟计算的实例,就是地图着色的 DNA 方法。地图着色问题主要研究如何将地图中的点或者边用给定数目的颜色涂染,使得相邻两点或两边有不同的颜色。对于地图上国家数目比较多的情况,用超大计算机计算是很费时的。DNA 方法是把地图着色的不同区域映射成 DNA 分子链,利用 DNA 特殊的双螺旋结构和碱基互补配对原则对其进行编码,在装有 DNA 溶液的试管里,在生物酶的作用下,生成各种数据库,然后按照约定规则将原始的数学运算高度并行地映射成 DNA 分子链的可控的生化过程。从数学角度来看,这种生化过程能得到地图着色的数学解,因而试管中的过程是一种计算过程。但是从生化学角度来看,那是 DNA 分子链的形成过程,是生化反应。DNA 计算目前仅限于个别几个例子。我们给出这一事例,是为了展示人们利用物理和化学实验来帮助求解数学问题的范式。

3. 什么是计算机模拟?

计算机模拟物理实验有下面5个层面。①物理系统。一个物理系统的行为就是它如何基于物理的输入产生物理的输出(或者叫响应),中间的过程应该是不能调控的。②物理系统的数学建模(刻画)。这需要对输入和输出的形态都做数学描述(比如表达成数字、向量、字符等),同时对它的中间过程做数学描述(比如微分方程、概率、函数等)。③计算问题。完成数学建模之后,我们便得到了一个关于函数 f 的计算问题,即对任何数学意义上的输入,通过计算的中间过程,求函数 f 在数学意义上的输出。④计算模型。计算模型是通过设计算法(或程序)解决关于函数 f 的计算问题。这是独立于物理世界的,它是存在于数学和逻辑层面的函数构造。简单地说,一个计算模型要说明哪些基本操作是允许的以及每个基本操作的时间代价。⑤计算模型的物理实现就是计算机。

②和③是数学层面的,而④和⑤是计算机层面的。由于多方面的原因,这5个层面的描述精度,由①至⑤逐步降低。计算机模拟物理实验是通过这5个层面实现的。计算机不可能不通过②至④就直接描述物理过程。计算机描述的是物理过程的数学建模。如果物理系统的数学建模发生问题,或者没有数学建模,计算机就无法模拟物理实验过程。该《科学》文章的第一句话说:"图灵机可以有效模拟实际物理器件上的任意过程。"严格来说,这句话是不适当的,是错误的。图灵机模拟的不是物理过程本身而是其数学模型,或者说是数学刻画。

在传统意义上,一个计算问题是用一个函数 f 来描述的,就是对此函数任意输入 x,求它的输出 $f(x)$,关于它的计算问题就给定了。这里的系统 f 并不是指物理世界中的系统,而是指一个数学描述。这个数学描述可以是对物理世界中某个(随机或确定)系统的数学建模，也可以是完全人为的数学构造,不对应于任何物理世界的过程。

对于计算过程目前没有严格的公认的定义。计算过程可以描述如下:计算的起点是计算问题 f,终点是对一个输入 x 后得到的 $f(x)$。这里从起点到终点需要两个步骤。第一,根据函数 $f(x)$设计程序 g(两者必须有内在联系),给程序 g 输入 x,程序 g 的运算结果必须与 $f(x)$非常接近。第二,给程序 g 输入 x,并收集程序的输出作为 $f(x)$的计算值。

介于起点和终点之间的过程是计算过程。广义来说,计算过程可以定义为执行以上提到的两个步骤的过程。狭义来说,计算过程是仅仅执行第二个步骤的过程。如果我们想定义狭义的计算过程,那么第一个步骤可以理解为计算的准备过程。

Aaronson 和 Arkhipov 提出,“如果我们将计算问题的概念扩大到包括采样和搜索问题,那么情况就完全不同了”。根据这一扩大的概念,计算就是采样本身,似乎不需要完成由另外的数学函数给定的计算任务,因此玻色采样设备就是玻色采样计算机。这种扩大的计算概念非常容易与通常所说的函数计算的概念混淆。接下来我们会进一步讨论这一问题。

二、“九章”不是计算机,也不是实验模拟计算机。“九章”玻色采样物理实验没有做任何计算

《科学》文章确实描述了相关领域专家们盼望已久的、有意义的且技术难度极大的玻色采样实验。但是该文标题是《利用光子的量子计算优势》(*Quantum Computational Advantage Using Photons*),摘要中指出采样速率比使用最先进的超级计算机计算玻色采样实验快 10^{14}

倍。这样结合在一起,明显给读者以误导。下面我们将论证“九章”不是量子计算机,“九章”实验也不是模拟过程,事先没有计算任务,量子计算优越性的结论是计算概念混淆的结果。

(1)“九章”不是计算机。根据前文讲到的关于计算过程的广义的定义,有计算功能的机器就是计算机,或者说能完成计算任务的机器就是计算机。狭义的定义说能够求解有解析表达式和没有解析表达式的各类复杂的函数问题的机器叫计算机,而只能求解单一计算问题的机器叫计算器,或者叫专用计算机。“九章”机器没有任何计算功能。该玻色采样的创始人 Scott Aaronson 在其文章中说,“据我们所知,这个模型不能做通用量子计算(甚至通用经典计算),虽然通用量子计算机当然可以模拟它,而经典计算机无法有效地解决这些问题”,“玻色采样计算机甚至似乎不太可能做普遍的经典计算!我们也没有任何证据表明玻色采样计算机可以做整数因子分解,或者解决标准量子计算机中不能解决的任何其他决策或承诺问题”。由此可以明确地说,设计做玻色采样实验的设备“九章”机器不是计算机。该《科学》文章定义的“九章”机器只是专用量子硬件处理器,只会做玻色采样这一件事,即光子通过量子干涉仪的物理实验,不会做任何其他事,即使是“1+2=3”都不会做。所以应该说,这个实验使用的设备是“九章”玻色采样器,可是该文却说“九章”是光量子计算机,读者被严重误导了。

(2)玻色采样实验不是模拟计算机的计算。我们在前文中介绍的地图着色的 DNA 方法,是通过生化实验来求解地图着色问题的,是一个通过模拟实验来完成数学计算的实例。这一过程的关键是把地图着色的不同区域映射成 DNA 的不同分子链。也就是通过映射把数学问题与实验过程联系起来。而《科学》文章所说的玻色采样实验与 DNA 计算有着本质的不同。玻色采样实验没有事先给定任何要解决的数学问题,没有设定任何数学问题与实验之间的映射关系。该实验就是光子通过光子干涉仪的演示。

三、结论

《科学》的文章报道了一个富有成效的玻色采样物理实验。但是在该实验没有进行任何通常意义下的量子计算的情况下,文中说“九章”显示了光量子计算的优越性,表明科学团队成功地研制了量子计算机“九章”,并论证其比超级计算机快 10^{14} 倍。这些都是对读者的明显误导。这些误导是通过把关于计算机、模拟计算机等名词的不同理解混淆起来而导致的。如果该《科学》文章仿效其审稿人 2013 年发表的关于这一实验的建议的文章,明确说明光量子计算机不是通用量子计算机,不能做质数分解和其他通用计算机能做的运算,就不会产生概念混淆了,公众就不用问“‘九章到’底是什么”的问题,也不用墨子沙龙和知识分子主办网上直播讲座讨论“‘九章’到底是什么”的问题了。《科学》是高水平的科学期刊,也是一个欢迎公众阅读的刊物。公众关心的事项与业内专家关心的事项可能有所不同。在该刊物上发表文章,要谨慎用词,注意逻辑,避免误导。

该《科学》文章另一个需要注释的问题是,其引言文字的第一句话是对于扩展丘奇-图灵机论题的表述:“概率图灵机计算可以有效地模拟实际物理器件上的任意过程。”我们认为该表述不适当,或者不完全精确。该表述与该文给出的文献出处中的内容有重要区别,也与该文审稿人文章中的表述不同,而后两者是一样的,他们都说图灵机计算模拟的是计算问题,而不是物理过程。我们在前文中论证了《科学》文章的这种表述是不适当的。虽然文献中有这种简要表述,但是不能说该表述是完全精确的,需要把该表述中“实际物理器件上的任意过程”

的说法解释为“在一个合理的物理模型中的计算”，这种表述才是正确的。计算机只能模拟物理过程的数学建模，如果一个物理过程没有适当的数学建模，计算机是不可能描述该物理过程的。

在撰写这篇评论的过程中，作者咨询过多位专家，并与《科学》的文章作者通过电子邮件进行了有益的讨论，在此声明并表示感谢！

2021 年 3 月 3 日发表于“pku 空间所”公众号

参考文献

[1] HANSEN Z, HUI W, YUHAO D, et al. Quantum computational advantage using photons[J]. Science, 2020, 370: 6523-6530.

[2] PRESKILL J. Quantum computing and the entanglement frontier: Rapporteur talk at the 25th Solvay Conference[R]. American Physical Society, 2012.

[3] SCOTT A, ALEX A. The computational complexity of linear optics[J]. Theory of computing, 2013, 9(4): 143-252.

[4] 蒋兴鹏. 任意地图四着色问题的 DNA 算法[D/OL]. 北京：北京工业大学，2004.

如何定义“计算”：从幼儿园的计算课讲起

《科学》于2020年12月3日发表了潘建伟院士团队报告“九章”实验的文章，文章题目是《利用光子实现量子计算优越性》（根据陆朝阳、潘建伟的翻译），其文章标题截图见图1。

Science REPORTS

Cite as: H.-S. Zhong *et al.*, *Science* 10.1126/science.abe8770 (2020).

Quantum computational advantage using photons

Han-Sen Zhong[1,2]*, Hui Wang[1,2]*, Yu-Hao Deng[1,2]*, Ming-Cheng Chen[1,2]*, Li-Chao Peng[1,2], Yi-Han Luo[1,2], Jian Qin[1,2], Dian Wu[1,2], Xing Ding[1,2], Yi Hu[1,2], Peng Hu[3], Xiao-Yan Yang[3], Wei-Jun Zhang[3], Hao Li[3], Yuxuan Li[4], Xiao Jiang[1,2], Lin Gan[4], Guangwen Yang[4], Lixing You[3], Zhen Wang[3], Li Li[1,2], Nai-Le Liu[1,2], Chao-Yang Lu[1,2], Jian-Wei Pan[1,2]†

图1 《利用光子实现量子计算优越性》的标题截图

该文将其实验设备命名为“九章”。该篇文章把物理实验所需时间与超级计算机的计算所需时间比较，混淆光子实验和模拟计算的概念，以量子计算优越性的错误结论误导读者。我在“pku空间所”公众号发表了3篇评论文章指出,“九章”实验不是根据作为目标的可计算的公式订制的,因而没有实施任何计算,谈不上显示任何计算的优越性,当然也谈不上量子计算的优越性。但是,该文作者的答复文章,在没有给出任何论据的情况下,说“九章”明确无误地演示了量子计算的优越性。潘建伟院士在中国科协第二十三届年会开幕式(2021年7月27日)上的讲话总结道:“目前,我国是除美国之外唯一一个在光量子计算及超导量子计算两个系统都实现量子计算优越性的国家。”看来,我的关于“九章”没有实现量子计算、没有显示量子计算优越性的论证没有被接受,或许我的论证没有讲清楚。本文试图以科普的方式把我的论证再讲清楚一些。其实,我们讨论的问题,就是幼儿园的计算课的问题,老师出题,学生计算。可是,在做“九章”实验之前,并没有人事先给定作为目标的可计算的题目和公式,相当于老师没有出题,学生没有计算。

一、什么是计算?

1. 计算概念的描述

计算的能力是人类特有的。计算的语言描述也在人类社会中流行了很多年。计算的概念不是哪个专业的专利,幼儿园的孩子都懂。由于“九章”把量子计算与超级计算机的计算比较,说明所讨论的计算的概念应该是通常意义上的。下面是《信息与计算科学》(*Philosophy of the Information and Computing Science*)发表的关于计算的一般本质的描述(图2)。

下面是中文翻译:

计算是有意图或有目的的,基于某些特定规则的,主动实现的信息转换，这种转换是作用于某种信息的表达之上的，并通过自然或人工方法，在适当使用资源的条件下实现的。

达到这样的转换的方式，包括处理该信息和实施选定的自然或者人为的方法，以及有影响的外部介入。

任何作用在可以被理解、建模或产生的信息上，并能满足上述条件的过程。

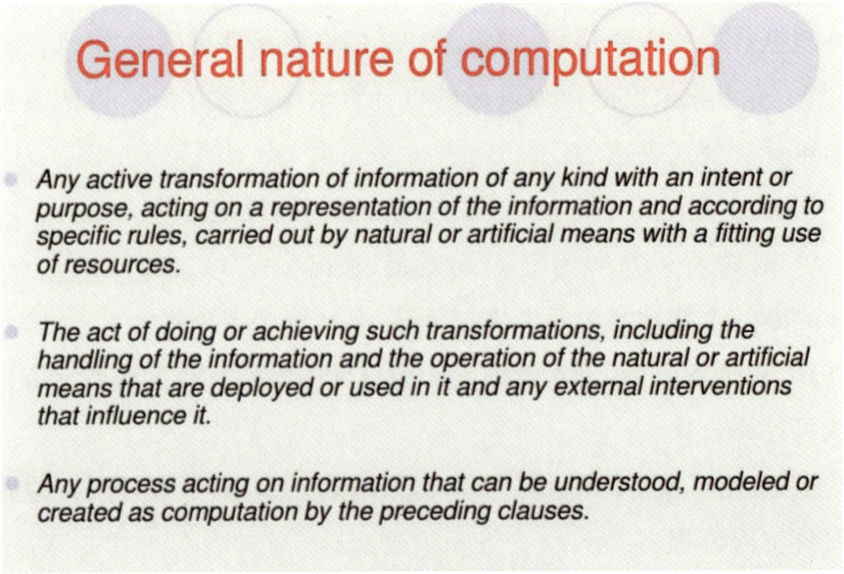

图 2　计算的一般本质的描述

这三段话的关系是：第一段给出计算的定义——有目的的、依据一定规则的、主动实现的信息转换；第二段进一步说明定义中所述的计算可能包括哪些步骤；第三段强调定义中的所说的信息需要满足“可理解”、“可建模”或“可产生”的条件。

对于计算的这一概述可以简单地表述为：计算是，对于给定的可计算的数学函数 $f(x)$，给定自变量值 x，求函数值 $y=f(x)$ 的过程。这里函数 $f(x)$ 描述特定的转换规则，通常可简单理解为由计算公式表达的规则。$y=f(x)$表示信息从 x（可以是张量）转换为 y（可以是张量）。函数 $f(x)$必须在计算之前给出，以便人们可以有意图或有目的地执行计算设计方法。在执行计算之前给出的公式，我们称为“计算目标公式”。我们还要指出，目标公式必须是可计算的，公式中的参数，矩阵的元素都是给定的数值，而不是虚拟的符号。

2. 判定一个过程为计算的必要条件

根据计算的本质特征，判定为计算的必要条件可确定如下。

A. 有事先给定的作为目标的可计算数学函数 $f(x)$，该函数可以是由可计算公式表达的。

B. 为了实施对给定函数（或公式）的计算，确定计算方法。

C. 对输入 x，按照函数 $f(x)$规定，求出 $y=f(x)$。

判断一个物理实验是做模拟计算，有 3 个必要条件。

A. 在准备实验之前，需确定作为目标的将要计算的函数 $f(x)$，或者说可计算公式。

B. 为计算该目标函数 $f(x)$，根据函数 $f(x)$的参数订制实验参数和安排实验流程。

C. 通过实验完成计算任务，对输入 x 确定 $y=f(x)$。

3. “计算”基本条件的简单说明

下面的简单例子说明什么是数值计算，什么是模拟计算，什么是纯粹的实验，什么是实验的数学模型描述。

例如，幼儿园老师给孩子出了一道算数题：“假如你妈妈给了你 2 个苹果，你奶奶又给了你 3 个苹果，你有了几个苹果了呢？”孩子做了数字心算，$2+3=5$，于是回答：“有 5 个了”。这是通过数字计算过程得到的计算结果。相应函数表达式是，$y=x_1+x_2$，自变量 $x_1=2$，$x_2=3$，函

数值 $y=5$。当然，如果老师直接提出数学问题：“2＋3 等于多少？”孩子答：“2＋3＝5。”这也是计算。因为给定了规则，就是加法。这可理解为函数形式“$y=x_1+x_2$”的直接表达。也许，人们认为这是在背诵加法规则。

还有一种情况是，孩子答不出老师的问题，把老师的问题带回家问妈妈。于是妈妈为了帮助孩子做这道算术题，真的给孩子买回来 2 个苹果，奶奶也给孩子买了 3 个苹果，都放在了孩子的桌子上，妈妈指着桌子上的苹果对孩子说：“你现在总共有 5 个了。”孩子没有参加计算，但是妈妈和奶奶都参加了计算，因为她们是按照老师出的计算题规定的数目买的苹果，并按照加法规则将其放在一起算总数。这个过程，不是数值计算，但是可以说是模拟计算。这里，计算的重要特性是，老师出题（数学函数）在先，孩子的妈妈和奶奶为解开老师事先给定的算术题按规定的苹果数目去进行购买，相当于模拟。

如果没有老师出算术题，只是因为孩子过生日，妈妈和奶奶根据自己的意愿独立给孩子买苹果，那就不是计算过程了。因为不满足计算的 3 个必要条件：没有事先给定有加法运算的数学函数；孩子的妈妈与孩子的奶奶各自都是为了祝贺孩子的生日而去买苹果的，没有要进行函数运算的意愿；最后，她们也不关心两人买苹果的总数，没有计算结果。这就不是计算。

这时，孩子的爸爸想知道一共花了多少钱。于是把妈妈和奶奶买的苹果数加起来求总数，这也是计算。但是，这道计算题的参数是由妈妈和奶奶独立购买的苹果的数量决定的，是为了描述妈妈和奶奶的购买活动。简单比喻来说，可以说爸爸的计算结果是对妈妈和奶奶购买活动的数学模型描述（数学刻画）的结果，妈妈和奶奶并没有参加其购买苹果行动的数学模型描述的计算。

我们把妈妈和奶奶给孩子买苹果，类比为一个实验。通过这一比喻，我们说明了，在没有事先提出计算公式的情况下，妈妈和奶奶为庆祝孩子生日买苹果的行为，相当于参数不受事先给定的计算公式的限制的实验，不是数字计算过程，也不是模拟计算过程。

二、“九章”计算了吗？没有！

“九章”实验不满足判定为模拟计算的必要条件，在“九章”实验之前没有给定所有目标参数都确定的可计算的公式。“九章”的实验参数，包括光子干涉仪的参数，都不是根据任何目标公式的参数订制的。这导致，实验结果不与任何事先给定的目标计算公式有关。

“九章”作者在回复文章中引用了另一篇文章——《光子芯片上的玻色子采样》(*Boson Sampling on a Photonic Chip*)，该文提出如下与实验有关的公式：

$$P(\boldsymbol{S}|\boldsymbol{T})=|<\boldsymbol{S}|\Psi_{\text{out}}>|^2=\frac{|Per(\boldsymbol{\Lambda}^{(S,T)})|^2}{\Pi_{j=1}^{M}\boldsymbol{S}_j!\ \Pi_{i=1}^{M}\boldsymbol{T}_i!} \tag{1}$$

对于采样实验，公式(1)由多通道输入矩阵 $\boldsymbol{T}$，求多通道输出矩阵为 $\boldsymbol{S}$ 的概率。右端的分子 $\boldsymbol{\Lambda}$ 是 $\boldsymbol{M}\times\boldsymbol{M}$ 的幺正矩阵，或者叫线性转换矩阵。但是公式(1)不是“九章”实验之前作为计算目标而给定的可计算的公式。我们看到，公式(1)只是一个符号形式。只有对幺正矩阵元素赋值了以后，公式(1)才能成为可计算公式。但是，这一幺正矩阵的元素的赋值是在“九章”实验之后，不是在“九章”实验之前。因而公式(1)不满足判定“九章”实验为实验模拟计算的第一个必要条件。“九章”文章的附件给出了这 100×100 的矩阵的元素数值(图 3)。

根据“九章”文章的明确表述，公式(1)中幺正矩阵的 2×100×100 个元素是从“九章”实验的装置中确定的(图 4)。

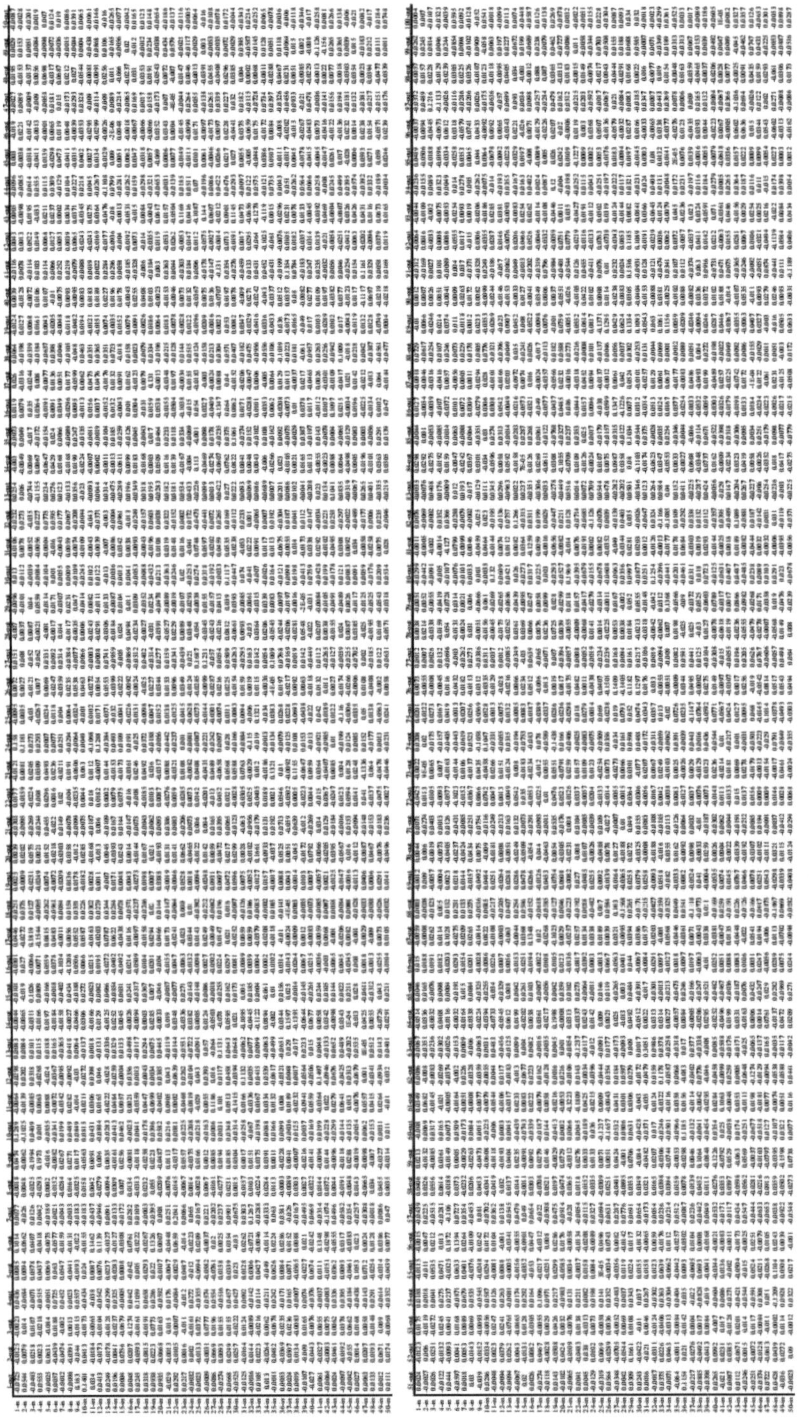

Table S2 | Real part of the reconstructed matrix of the 100-mode interferometer.

图 3 “九章”附件表 S-2：幺正矩阵的元素值

and phases of the Gaussian input state. We reconstruct the corresponding unitary matrix of the spatial-polarization hybrid encoded 100 × 100 interferometer as plotted in Fig. 2, E and F for the elements of amplitudes and phases, respectively. Further analysis shows that the obtained matrix is unitary (see fig. S14) and Haar-random (see fig. S15).

图 4 “九章”文章截图

该段文字说，该文的图 2 展示出了他们重新构建幺正矩阵元素的过程。*Boson Sampling on a Photonic Chip* 更具体地描述了，如何基于已经建立的“玻色采样”实验设备，构建公式(1)中幺正矩阵元素。公式(1)的计算结果与“九章”实验结果吻合，是由于公式(1)中的幺正矩阵的元素是通过很好地拟合了“九章”实验数据而得到的。公式(1)是由在一定假设之下对“玻色采样”的物理过程建立的数学模型导出的，而在“九章”文章中，公式(1)的参数矩阵(幺正矩阵)的元素，是由“九章”实验确定的，见“九章”附件表 S-2。因此，“九章”实验不是对公式(1)的实验模拟计算。因为，在“九章”实验开始之前，公式(1)的幺正矩阵元素还没有赋值，公式(1)那时只是一个符号公式，是不可计算的符号公式。这说明，公式(1)是描述“九章”实验过程的数学模型，而不是“九章”实验进行模拟计算的目标计算公式。“九章”实验只是纯粹的光学实验，没有进行任何模拟计算。

三、既然没有计算，谈何计算优越性？

量子计算也是一种计算，是在计算过程中量子效应起重要作用的计算。既然“九章”实验不是计算，既不是数字计算，又不是模拟计算，那么就显然也不是量子计算。想要说“九章”实验显示了量子计算的优越性，必须首先说明量子计算的公式是什么。是公式(1)吗？不是！“九章”实验设计的时候，公式(1)的幺正矩阵的元素还没有赋值呢！在那时候，公式(1)只是符号公式，是不可计算的。“九章”作者回复我的评论的文章指出，幺正矩阵是事先给出的，这不是实际情况。“九章”连计算都没做，谈何演示计算的优越性，更谈不上演示量子计算的优越性。

“九章”文章，把实验速度与超级计算机对公式(1)的计算速度比较，是不合理的。因为“九章”实验所需要的时长没有包括向实验输入公式(1)的幺正矩阵元素的所需的时间。“九章”不能输入事先设定的幺正矩阵元素数值，该幺正矩阵元素只能在实验之后由实验设备导出。而超级计算机可以很容易输入任意设计的幺正矩阵元素。这两者条件不一样，实验时长与计算时长是不能比较的。《科学》上的该文章没有给出让“九章”设备输入事先设定的公式(1)的幺正矩阵的 $2\times100\times100$ 个元素的方法。

四、结论

公式(1)包括通过实验数据赋值的幺正矩阵是对“九章”实验过程的数学模型的描述，而不是“九章”实验进行模拟计算的目标公式。“九章”实验与其数学模型描述的一致，不是自然正好吻合，而是有目的地进行的对物理实验的数学建模的结果。“九章”想要对公式(1)实施模拟计算，就要增加能向实验输入事先给定的幺正矩阵的 $2\times100\times100$ 个元素的功能并实施，否则，“九章”实验只是一个光学实验，与量子计算无关，更别谈量子计算的优越性。

名词注释

数学模型(数学刻画)是为一个(物理)过程建立的数学模型和相应的数学计算。一杯水凉了,是一个物理过程,其数学模型描述可以是设定了初始条件、边界条件的热扩散方程和相应的数字解。数学模型通常在一定精确程度上能描述物理过程参数的变化。数学模型描述包括建立的模型和对模型的计算,这是计算过程。前述比喻故事中,爸爸的计算是对妈妈和奶奶购买活动的数学模型描述。爸爸的计算要把妈妈和奶奶买的苹果数目加起来,相当于建模并计算。计算结果表明他们一共花了多少钱,可比喻为对妈妈和奶奶购买活动的数学模型描述的结果。在这个例子里,妈妈和奶奶都没有做任何计算,只有爸爸做了计算,而爸爸的计算是在妈妈和奶奶买了苹果之后。这也就是说,一个物理实验过程的数学模型描述,一定在这物理实验过程之后。对于“九章”实验,《科学》的文章附件表 S-2 显示了公式(1)幺正矩阵的赋值元素,因而公式(1)就是对“九章”实验的数学模型描述。前面例子中,爸爸的计算,就是比喻“九章”文章后部分的超级计算机对公式(1)的计算。《对“九章-光量子计算机”的理解》对“数学模型描述”一词给了详细说明。

2021 年 8 月 21 日

参考文献

[1] Zhong H S, Wang H, Deng Y H, et al. Quantum computational advantage using photons[J]. Science,2020,370: 6523-6530.

[2] 陆朝阳,潘建伟.“九章”作者对涂传诒先生等若干网络评论文章的回复[EB/OL].(2021-03-17). https://mp.weixin.qq.com/s/mL37h4ZLVc-NmdmxN_kGWA.

[3] 涂传诒.是量子计算,还是光学实验?[EB/OL].(2020-12-21). https://mp.

weixin. qq. com/s/waFMuACgw91h3G6Ok5hapQ.

[4] 涂传诒.对“九章-光量子计算机”的理解[EB/OL].(2021-03-11). https://mp.weixin. qq. com/s/iZySLyxOmHrl3Mq4JaZKxw.

[5] 涂传诒.“九章实验不是计算”论断的证明[EB/OL].(2021-04-26). https://mp. weixin. qq. com/s/YQ6XsOe53AUZDiM1UZsaWg.

[6] Spring J B, Metcalf B J, Humphreys P C, et al. Boson sampling on a photonic chip[J]. Science, 2013, 339(6121):798-801.

中成药治疗西医诊断的疾病：药理不清、疗效不明

近年来，“西病中治”几乎是所有在中医院就诊的患者都要接受的诊疗方法。中医院门诊多依靠西医（现代医学的简称）方法检查，采用西医的病理分析，用西医的病名（现代医学的病名）确定疾病名称，而后用中药治疗，简称为“西病中治”，或中药与西药混合搭配治疗。

1994 年国家中医药管理局正式发布了我国第一个中医药行业标准——《中医病证诊断疗效标准》。该标准引入了西医病名诊断、西医检查方法及中西医病名的对照。这一行业标准实际上规范了中医院的临床医疗实践。西医医院也常常在处方中加入中成药，可简称为“西病中西合治”。

一、“西病中治”打破了以往的医疗体系

中医通过四诊（望、闻、问、切）和辨证诊断出的疾病名称可称为“中医病”，或简称为“中病”，西医通过生化化验和物理效应数据（例如验血和 X 线检查、CT 等）和病理学确诊出的疾病名称可称为“西医病”，或简称为“西病”。对同一患者，同一症状，中医与西医分别诊断

出的病名是不同的。例如，西医病是“反流性食管炎”，而中医病名是“腹胀满病”。

这是可以理解的。因为，中西医在历史上是各自独立发展的，它们的检测方法不同，它们分析所依据的理论不同。这不表示，患者得了两种不同的病；而是不同的医生对同一患者的同一疾病有不同的诊断。长久以来，中医用中药治疗中医病，西医用西药治疗西医病，各有一套做法，互不相通，互不干扰。可是，近年来通行的“西病中治”的做法打破了以往的医疗体系，带来了一系列问题。

下面用中国中医科学院西苑医院（三级甲等医院）的处方（图 1、图 2）说明“西病中治”的实际操作情况。

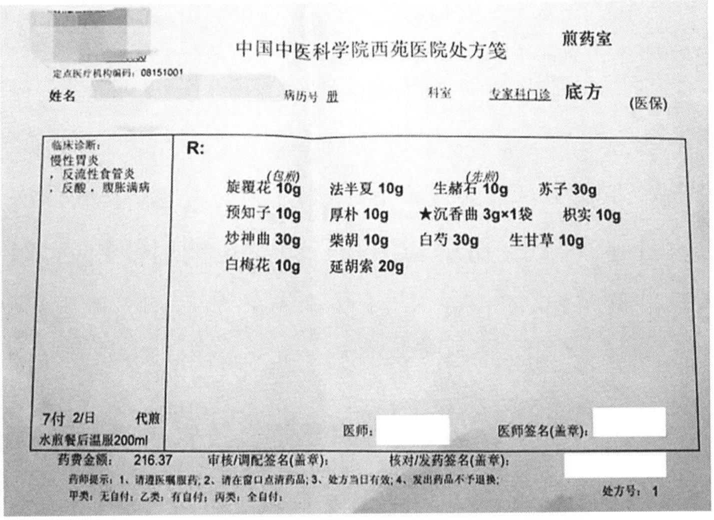

中国中医科学院西苑医院处方笺　　煎药室

定点医疗机构编码：08151001

姓名　　病历号 册　　科室 专家科门诊　　底方　（医保）

临床诊断：
慢性胃炎
，反流性食管炎
，反酸，腹胀满病

R:

旋覆花（包煎）10g　法半夏 10g　生赭石（先煎）10g　苏子 30g
预知子 10g　厚朴 10g　★沉香曲 3g×1袋　枳实 10g
炒神曲 30g　柴胡 10g　白芍 30g　生甘草 10g
白梅花 10g　延胡索 20g

7付 2/日　代煎
水煎餐后温服200ml

医师：　　医师签名(盖章)：

药费金额：216.37　审核/调配签名(盖章)：　核对/发药签名(盖章)：

药师提示：1、请遵医嘱服药；2、请在窗口点清药品；3、处方当日有效；4、发出药品不予退换；

甲类：无自付；乙类：有自付；丙类：全自付；　　处方号：1

图 1　中国中医科学院西苑医院处方 1

在处方 1 的临床诊断栏下我们看到有如下疾病名称：“慢性胃炎”是西医病名；“反流性食管炎”是细分的西医病名，是通过胃镜检查确诊的；“反酸”是自述症状；最后“腹胀满病”，是中医病名。处方 1 的 R 栏中列出的药品是“旋覆花”等 14 味中草药。处方 2 的临床诊断栏下的病名与第一张相同，但是在 R 栏中写的药品名是“雷贝拉唑钠肠溶胶囊”，这是主治反流性食管炎的西药。

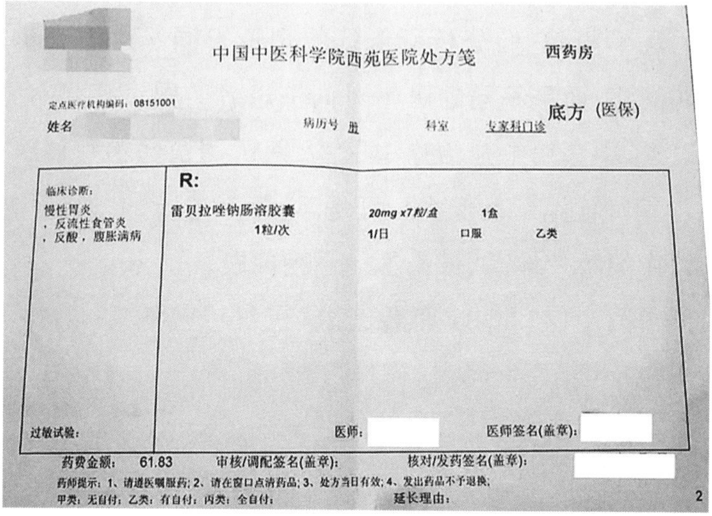
中国中医科学院西苑医院处方笺　西药房

定点医疗机构编码：08151001　底方（医保）

姓名　病历号 册　科室 专家科门诊

临床诊断：
慢性胃炎
，反流性食管炎
，反酸，腹胀满病

R:
雷贝拉唑钠肠溶胶囊　20mg x7粒/盒　1盒
1粒/次　1/日　口服　乙类

过敏试验：　医师：　医师签名(盖章)：

药费金额：61.83　审核/调配签名(盖章)：　核对/发药签名(盖章)：

药师提示：1、请遵医嘱服药；2、请在窗口点清药品；3、处方当日有效；4、发出药品不予退换；

甲类：无自付；乙类：有自付；丙类：全自付；　延长理由：　2

图 2　中国中医科学院西苑医院处方 2

这两张处方说明，中医院采用西医的检查方法，依据西医的病理，用西医的病名确诊，但是用中药治疗。有时也同时使用西药特效药治疗。慢性胃炎是西病，旋覆花等 14 味中草药的作用是中治。处方 1 表明西病中治，处方 2 表明西病西治。两张处方合起来表明西病中西合治。

西病西治顺理成章，可是西病中治就难理解了，西病中西合治更有问题。中药用来治疗西医病，有病理和药理的道理吗？对于这一问题，人们似乎没有具有说服力的回答。下面先以主治糖尿病的中成药为例，具体讨论中医药治疗西医病是否有病理和药理的根据。然后讨论西病中治的一般问题、产生的原因及解决方案。

西病中西合治会产生更多问题。除了西病中治的问题外，还增加了中西药合用的问题，例如用量、副作用等。限于篇幅，文本不讨论西病中西合治的问题。

二、举例：中药治疗糖尿病的药理和疗效问题

糖尿病是人体胰岛素分泌功能减退或者胰岛素抵抗等引发的糖、蛋白质、脂肪、水和电解质等一系列代谢紊乱综合征。临床上以高血糖为主要特点，典型病例有多尿、多饮、多食、消瘦等表现。糖尿病通过血糖指标来确诊，这一标准建立在对胰脏、胰岛素、血糖浓度、高血糖等并发症的认识基础之上。糖尿病的治疗以限制人体葡萄糖的产生和/或注射胰岛素加速葡萄糖的分解为主。西医通常用二甲双胍促进外周组织摄取葡萄糖，加速葡萄糖的无氧酵解。注射胰岛素的方法是 1922 年首创的，实验机构负责人约翰·麦克劳德因此获得了 1923 年的诺贝尔生理学或医学奖。在此之前，西医没有有效方法治疗糖尿病。

现在中医接受了西医的血糖指标来确诊糖尿病，即承认了西医控制血糖的病理学和药理学。但采用中成药治疗，又与西医病理学和药理学相悖。有多种中药饮片方剂和中成药都标明能治疗糖尿病。这些药的药理和疗效问题都差不多。下面以说明书标明主治糖尿病的某降糖中成药作为实例来说明(图 3)。

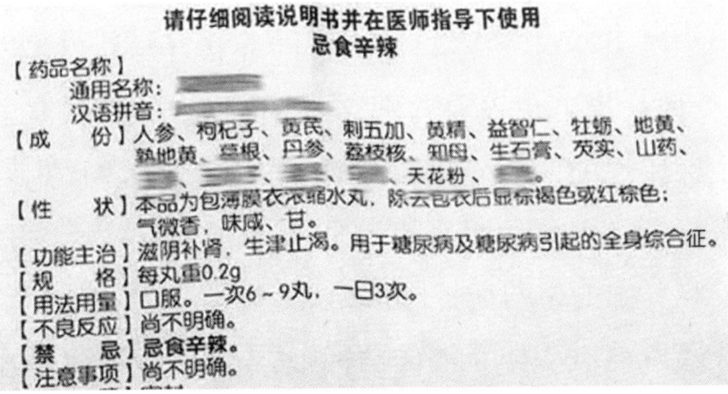
请仔细阅读说明书并在医师指导下使用
忌食辛辣
【药品名称】
通用名称：[redacted]
汉语拼音：[redacted]
【成　　份】人参、枸杞子、黄芪、刺五加、黄精、益智仁、牡蛎、地黄、熟地黄、葛根、丹参、荔枝核、知母、生石膏、芡实、山药、[redacted]、[redacted]、[redacted]、[redacted]、天花粉、[redacted]。
【性　　状】本品为包薄膜衣浓缩水丸，除去包衣后显棕褐色或红棕色；气微香，味咸、甘。
【功能主治】滋阴补肾，生津止渴。用于糖尿病及糖尿病引起的全身综合征。
【规　　格】每丸重0.2g
【用法用量】口服。一次6～9丸，一日3次。
【不良反应】尚不明确。
【禁　　忌】忌食辛辣。
【注意事项】尚不明确。

图 3　某降糖中成药说明书

该中成药有国家药监局的标准编号，有国药准字Z打头的编号，属于正式批准上市的中成药。其说明书上标明的主要成分有人参、枸杞子等22味中药，适应证/功能主治为“滋阴补肾，生津止渴”，“用于糖尿病及糖尿病引起的全身综合征”。在不良反应栏下标明为“尚不明确”；在注意事项栏目下也标明“尚不明确”；药理、毒理及药物代谢动力学都没有提及。也没有给出该中成药治疗糖尿病的疗效检测情况，例如百分之几的病例有不良反应等。

该中成药说明书中没有给出控制血糖的药理，所列各味中药也都没有降糖功能。例如该中成药成分中的天花粉为清热泻火类药物，其具体功效是清热泻火、生津止渴、排脓消肿；黄芪功能为补气固表、利水退肿、托毒排脓、生肌等。这些中药都是针对消渴疾的，没有分解葡萄糖和促进外周组织摄取葡萄糖的功能。

从成分来看，该中成药有中医药体系所认定的滋阴补肾、生津止渴的功能，但是这与在主治栏下标明适用的糖尿病有关系吗？说明书没有明确说明。人们可能会把功能主治栏下的文字连起来理解，即滋阴补肾、生津止渴，用于糖尿病及糖尿病引起的全身综合征。出品方可能认为有生津止渴功能的中药一定能治疗有该症状的糖尿病，或减轻其症状。但这一形式上的推理，混淆了口渴多饮的表象与血糖增高的本质区别，混淆了生津止渴功能和降糖功能的不同。该中成药的22味中药是为了滋阴补肾，治疗口渴多饮的症状，但是，口渴不一定是糖尿病，有些糖尿病患者也没有口渴多饮的表现，口渴与糖尿病没有必然联系。中医所说的阴虚肾虚是以口干、口渴来诊断的，但糖尿病以血糖标准来诊断。因此阴虚肾虚不能等同于糖尿病。没有医理和药理说明能治疗肾虚的中药能控制血糖水平。

该中成药既然有生津止渴的功能，是不是可以减轻糖尿病患者口渴多饮的症状呢？糖尿病患者有口渴的症状是因为血糖升高后，血管吸收周围组织中的水分。人体内水分的高渗透性引起多尿，继而因口渴而多饮水。所以说糖尿病患者口渴多饮的症状直接与血液高血糖浓度相关联，只要通过注射胰岛素等治疗手段，使血糖浓度控制在正常水平，口渴多饮的症状自然就消失了。如果患者的血糖浓度居高不降，该具有生津止渴功能的中成药是否能阻止患者血管吸收周围组织中的水分，从而缓解糖尿病患者口渴多饮的症状呢？这需要检测和研究。

当然，中国古代人应该也会得糖尿病。有人根据对司马相如和杜甫患消渴疾的记载，推测他们得的可能是糖尿病。《史记·司马相如列传》有云："相如口吃而善著书，常有消渴疾。"杜甫诗《同元使君春陵行》："我多长卿病，日夕思朝廷。肺枯渴太甚，漂泊公孙城。"这里说的"长卿病"，是形容病同司马相如(司马相如字长卿)。然而，当时人们不知道也没有条件测量血糖，司马相如和杜甫也就不可能检测过血糖浓度，现在并不能确诊他们当年得的是不是糖尿病。从推理来说，既然中国古代不可能有糖尿病的诊断，也就不可能积累相应的中医药治疗糖尿病的经验。古人得糖尿病有口渴的症状，很有可能被当时的中医当作消渴症治疗。因为消渴症不等于糖尿病，所以不能说中医药有治疗糖尿病的经验。中医药有治疗阴虚肾虚的长期历史经验，但是用中药治疗糖尿病只是近年出现的事，没有经过长期历史检验，其对糖尿病是否有效，有没有控制血糖的功能，仍需要做科学的药效检测。

据近年来的报道，在随机、双盲和安慰剂对照试验中，葛根芩连汤被证明能通过控制肠道菌群结构变化，使血糖产生的效率降低，从而有效控制 2 型糖尿病患者的血糖水平。葛根芩连汤在汉代张仲景《伤寒论》中有记载，由葛根、黄芩、黄连和甘草四位药组成，之前是用来治疗湿热所致的腹泻的，与糖尿病没有任何关系。而葛根芩连汤能够控制血糖的发现表明：对中药治疗西医病的疗效的科学检验可促进人们对中药药理的认识，相应的研究方法是中药研究的典范。某降糖中成药和其他声称主治糖尿病的中药是否对控制血糖有效，需要做相同方法的检查和研究。

三、“西病中治”没有药理根据也没有经验

关于上述中成药能否治疗糖尿病问题的讨论说明，对于按西医标准诊断确诊的很多疾病，中医药既没有治疗的药理和病理根据，也没有长期疗效经验，有着长久历史实践的中医的药理、病理和经验无法直接用于治疗现代的西医病。

从历史看，中医药已经在中国流传发展了3000多年，人们相信中医药的实践结果。中医通过望、闻、问、切，了解症、舌、脉、形、色、神等表现后，通过辨证诊断以传统的中医病名确诊，然后根据中医的医理和药理下药。中医医理的依据是中国古代哲学、阴阳平衡、阴阳五行等，再加上天人合一的概念，呈现着某种自然哲学的形态。中医的药理则来自长期历史实践经验。

西医是现代医学，对疾病的诊断主要依靠生化检验和物理检验，例如验血、照X线片和测血压等。西医的医理分析是建立在现代生物学基础上的病理学和药理学。而现代生物学的基础又是在17—18世纪发展起来的现代实证科学——物理学和化学。

因此，基于自然哲学发展起来的中医的病理学，与在近代科学基础上发展起来的西医的病理学在本质上是不相通的。中医的病理和药理不能用于分析根据西医病理确诊的疾病。而且，大多数西医病也是在近两三百年才有确定名称的。例如，糖尿病的英文名称“Diabetes Mellitus”是18世纪前后才确定的。所以古代发展、传承下来的中医药不可能有治疗现代西医病的经验。

有人说用中药治疗西医病的依据是中西医病名的对照表。中西

医病名对照的研究已有100多年的历史，如日本的落合泰藏于1882年就编撰了《汉洋病名对照表》，中国的徐业勤于1909年编撰了《中西病名对照录》；1976年，张瑞祥、孙家骥出版了《祖国医学与现代医学病症名称对照》等。但是这些对照都是基于中医师的个人医学理念和临床经验而得来的，“对照”一词本身也没有十分明确的医学含义。把中医病的表现与西医病的表现比较，如果表现相似，就说该中医病名与西医病名相互对照。但是表现相似，不代表本质相同。中医在确定患者症状后，通过辨证思维，考虑阴阳五行等才能确定中医病名。西医则在了解病情基础上对生化检验和物理检验结果分析，然后根据生理学和病理学来确定西医病名。即使对同一病例，中西医对照的病名反映的病理也会相差很远。例如在不测血糖的情况下，糖尿病的某些症状，如口渴、口苦、舌苔厚、全身无力等，可被中医诊断为外感风热，用清热解毒的中药治疗，这就错了。这说明病理不同的疾病可能部分症状是相同的。中药治疗中医病有中医药理可寻，但是中药治疗依据症状相同的规则对照出来的西医病就根据不足了。

《中医病证诊断疗效标准》中给出了中西医病名对照的规范，如内科3.1节关于中医病“肺失宣肃，肺气不清”与西医病“急、慢性支气管炎”对照的表述。“咳嗽是因邪客肺炎，肺失宣肃，肺气不清所致。以咳嗽、咯痰为主要症状的病症，多见于急、慢性支气管炎。”诊断依据包括，“急性期查血白细胞总数和中性粒细胞增高”，“两肺听诊可闻及呼吸音增粗，或伴散在干湿性啰音”，“肺部X线摄片检查，正常或肺纹理增粗”等。该段文字表明的诊疗方案是，根据西医的血液生化检验、放射线检验和听诊器检验来确诊西医病，然后根据“多见于”的关系确定与其对照的中医病。我们看到，对应关系是用“多见于”三个字表述的。也就是说，中医诊断的疾病，“肺失宣肃，肺气不清”的主要症状“咳嗽、咯痰”多见于其对照的西医病“急、慢性支气管炎”的症状。然而症状一样,不能说明疾病的病理一样。这一段文字,没有论证治疗"肺气不清"的中药是否能,以及为什么能治疗"急、慢性支气管炎"。实际上,急性支气管炎可能会危及生命,是否能用中药及时控制病情是一个非常严肃的问题。患严重支气管炎的老年人并没有明显咳嗽、咯痰的症状,这种支气管炎是否能用治疗咳嗽、咳痰症的中药治疗需要临床检验。

此外,在常见病中,西医病名远多于中医病名,有时一个中医病名要对照多个西医病名,实际上不存在中西医病名的一对一的对应关系。例如,由于中医的消渴症与西医的糖尿病都有口渴的症状,因而两个病名被认为可"对照"。可是根据口渴的症状,消渴症还可与尿崩症、原发性醛固酮增多症、干燥综合征、慢性消耗性疾病、热病(发热)脱水、甲亢等六种西医诊断的疾病"对照"。显然,中西医病名对照表不能作为中医药治疗西医病的药理和疗效根据。

四、西病中治的疗效和不良反应亟待双盲检验

很多人认为中医药的经典药方经过数千年的历史考验,其疗效是不容置疑的,不需要按西医的方法和标准来检验。

按照这个逻辑,中医药治疗西医病就说不通了。因为西病中治这种治疗方式是近年出现的,其疗效没有经过历史的检验,中医医理和药理也无法解释。因此,要确定中医药治疗西医病的疗效,需要做科学检验。西药对西医病的疗效尚且需要通过双盲检验确定,中药对西医病的疗效同样需要甚至更需要通过双盲检验确定。因为从病理和药理上说,西药治西医病通常是有根据的,可是很难说明中药治疗西医病的理由。

近年来通过国家食品药品监督管理总局的注册,数以万计的中医

经典药方，被开发成中成药或者注射针剂。这些中成药或者注射针剂的说明书，除标明主治中医病症外，还标明主治西医病。可是，说明书通常没有给出其疗效数据，也不说明其治疗的机制、不良反应和药理毒理，更没有注明中药与西药配伍的不良反应。数以万计的这样的中成药和注射针剂，被西医和中医大量写在治疗西医病的处方中，形成独具特色的西病中治的现象。

中成药的这种广泛用法，使人们对中成药产生不少误解，以为中成药药性平和、无毒副作用，可以放心长期服用。许多人甚至将中成药看作保健品，是对人身体有好处的补药和解毒药，可以“有病治病，无病健身”，因而大量用中成药治疗西医病或者配合西药治疗西医病。

另一个现象是，我国西医用中成药特别积极。《中国中医药信息杂志》2016 年 9 月所刊登的《综合医院西医医师使用中成药情况调查分析》显示，在中成药滥用方面，受访的综合医院西医医师中 74.47％认为“比较常见”（55.28％）或“非常严重”（19.19％），21.69％认为“少量存在”，只有 3.84％认为“基本不存在”。西医医师对自己的中成药处方质量认为“质量一般，存在部分问题”的占 48.18％，认为“质量较高，可能存在少量问题”的占 40.88％，认为“质量很高，很有信心”的占 7.87％，认为“质量较差，经常出问题”的占 3.07％。大部分西医医师（58.54％）掌握中医辨证方法的程度仅是“初步了解和运用”，能达到“较为了解和运用”和“熟练运用”的仅占 23.03％，“毫不了解”的占 18.43％。

可以想见，大量使用这种疗效和毒性不清楚的中成药对患者是极不负责任的。所有以西医病为主治病的中药、中医方剂，特别是中成药，是否对西医病有效，都应经过类似当年屠呦呦参加的 523 项目所实施的检测程序来确定。

还有一种观点认为，传统中医的特点是个性化治疗。对同一患者，不同医生往往会给出不同诊断，开出不同处方。在治疗过程中，处方也因病症的发展而改变，例如增减一两味药，或者增减某些药的药量。这使得传统中医的治疗病例无法重复，似乎每一次治疗都是一个孤立的事件。这导致治疗同一种疾病的组合方剂数目极大，无法用统计方法来确定处方的平均疗效，也无法用安慰剂做双盲检验以确定疗效的真实程度。

但是，近年来食品药品监督管理局批准上市的众多主治西医病的中成药，使中医治疗的个性化的特点有所变化。中成药作为单一药品出现在治疗西医病的处方中，对症的西病病名非常明确。对于相同的西医病的病名，用相同名称的中成药治疗。这就意味着，对标明主治西医病的中成药的疗效的双盲检验不仅必要而且可行。

那些对主治疾病没有显著疗效的或毒性大的中药方剂和中成药，应修改说明书，停止对其标明的主治西医病的治疗。对于那些经双盲检验确定、对主治疾病疗效显著的中药方剂和中成药需进一步研究其药理，在说明书上补充科学检测疗效的报告、治疗的作用机制、不良反应、药理、毒理、中药与西药配伍的不良反应和注意事项等。只有这样，用这些中成药治疗其主治的西医病才可能称为“药理清、疗效明”。

2016 年 12 月 17 日发表于“知识分子”公众号

附：“知识分子”公众号文章《两院士理性辩论中药：目前流行的“西病中治”合理吗?》编者按

不同人或对中医（传统医学）、西医（现代医学）存在迥然不同的态度。目前中国在大量使用中药治疗现代医学手段所确诊的疾病，简称“西病中治”。那么这种治疗方式有科学根据吗？对普通患者来说，疗效好吗？安全吗？

对于这些理论和实际问题，中国空间物理学家涂传诒院士尝试进行了跨界思考。他认为，“西病中治”没有医理和药理的根据，也没有长期经验，疗效不明。国家食品药品监督管理总局批准上市的主治“西医病”的众多中成药的疗效亟须科学检验。

但中药药理学专家、中国工程院院士李连达则持有不同的看法，他认为，“西病中治”是人们对中医（传统医学）、西医（现代医学）及中西医结合（中医药现代化）的新发展有了新的认识、新的理解与某些误解。

现将两位科学家的看法同期发表，旨在推动在现代科学的基础上理性探讨中医药现代化问题。本文不代表《知识分子》立场。

参考文献

[1] 王蓓，李金鑫，温建民．综合医院西医医师使用中成药情况调查分析[J]．中国中医药信息杂志，2016，23(9)：120-125.

[2] 涂传诒，李连达．两院士理性辩论中药：目前流行的“西病中治”合理吗？[EB/OL]．(2016-12-17)．https://mp.weixin.qq.com/s/UH6waPWZGTt9tJbZuvMVKg.

论地震短期预报的困难

唐山及汶川地震导致重大损失，表明现有地震预报靠不住。可是众多的震前现象又使人们萌生通过地震预报回避下次地震灾害的美好愿望。实际上通过短期地震预报减轻地震在人口稠密地区产生的灾害是十分困难的。其原因如下。

（1）为避免地震虚报的损失，社会对预报准确度提出的要求过高。在人口稠密地区对虚报的地震采取的应对措施，会造成重大损失和人员伤亡。这就是最近成都人所讲的“地震可怕，但报了地震不震更可怕”。政府难以承担虚报导致的损失，虚报过多的预报方法显然是不能接受的。为了减少虚报损失，可能要求对震中位置的预报精度为100千米，震级精度为7～8级，地震发生时间精度为1天，但这种对地震预报高精度的要求可行性不高。

（2）单次地震的震级、震中和震时受非线性过程控制，有一定随机性，很难精确预报。地震是长时间聚集的能量在极短时间内释放的过程，是非线性突变，由不可确切测量的小扰动触发。类似的过程，包括气旋、台风、龙卷风以及太阳耀斑等的产生过程，其原始触发时间、地点都不能精确测定，更不能精确预报。

(3) 地震震级、地点和时间受多种初始、边界因素控制和影响，有不确定性。由于初始边界条件的变化，地球物理现象大都不会完全重复发生。同样本质的物理现象，会因时间、地点条件的不同而有显著差别。这是因为地球物理现象受多种独立因素支配。即使都是线性驱动过程，但是人们不可能了解其全部支配因素。地球科学的理论模型只能描述现象的主要物理过程，而不能重现现象本身。这是与以实验室的实验为基础的物理学不同的。原子物理模型可以非常精确地计算出辐射禁线波长，而气象模型通常不能精确描述一次特定风暴活动，例如某一个特定气旋演变成台风的具体过程。

(4) 大地震的次数稀少，无法采集足够多的样本，从而很难对经验预报方法进行有效统计检验。地震是否有前兆，是一个有争议的课题。由于地震之前人们注意到的现象非常多样，人们无法通过统计方法从这些现象中确定地震前兆。即使有人声明，他找到了地震前兆，人们恐怕需要至少数百年甚至更长的时间，才能搜集足够样本去检验其可靠性。

因此，提出如下想法。

通过提升房屋抗震力减少地震带来的损失。地震带来的社会损失主要是房屋等工程建筑抗震力不够造成的。目前大城市中，工程费用只占房屋卖价的 1/3～1/4，有的甚至只有 1/10，而提高 1 度抗震烈度只需增加 1/10 的工程费。增加房屋抗震性能已经不是很难的事了。可以设想在 100 年后，房屋都是抗震的了。地震虽然仍然对社会带来一定的损失，但对通过短期地震预报减少伤亡要求的迫切性会大大降低。

作为自然科学的一部分，需要进行有关地震的基础研究，但其成果很难用于大地震前的短期预报及减灾。一般规律与特定事件的差异，以及个别事件与另一个别事件的差异，将限制应用研究成果提高对特定事件的预报精度。

虚报大地震将带来社会损失，需要相关人员承担责任。因此发布大地震预报，要权衡虚报和漏报两种可能造成的损失。在可靠性不大的情况下，为避免虚报导致的社会损失，还是不报为好。

2008 年 7 月 23 日

现代科学产生的必要条件，回答李约瑟之问

李约瑟

李约瑟之问："14 世纪以前中国技术在世界前列，为什么 15—19 世纪现代科学没有发生在中国？"

李约瑟的这一问题，已经讨论了 80 余年，似乎没有明确答案。大家从中国几千年以来的社会政治、经济、文化、文字、宗教、哲学、技术、地理甚至环境气候等角度，见仁见智，发表了大量看法。虽然各种可能的角度都涉及了，但是这些说法都没有给出一个明确的有说服力的答案。例如，一个说法是，中国人不讲逻辑。可是中国古代哲学墨家学派就重视逻辑概念，为了与不同的学派或学者论争，为了劝告"王公大人"勿做不义之事，他们注重概念的明确表达和道理的逻辑叙述。看来逻辑能力不是哪个特定的民族生来就有的，而是任何民族的人都能在社会活动中学习到的，教育和科学的发展会使人们的逻辑能力提高。另一个说法是，中

世纪中国制度束缚科学发展。可是中世纪欧洲的教会会禁锢思想，宗教裁判所会惩罚所有异端和异教徒，这似乎更束缚科学发展。中国历史与西方历史有很多区别，但是，不是每个区别都是产生科学发展路径不同的原因。要回答“李约瑟问题”就要找到最原始的原因。

《联合早报》2019年9月24日报道，美国西北大学经济史学家乔尔·莫基尔(Joel Mokyr)教授，在新加坡国立大学东亚研究所主办的吴庆瑞讲座中，以《中国与西方：历史轨迹有多大分化?》为题发表演讲，他指出，“官僚掌控思想市场的强弱，以及家庭结构的不同发展，使中国和欧洲在科学科技发展方面自16世纪出现此消彼长”。莫基尔没有提出新的观点。他认为，在中世纪，中国与欧洲的政府对思想控制的不同导致了科技发展的不同。其中他还把科学的发展与技术的发展混为一谈。

美国西北大学经济史学家乔尔·莫基尔(Joel Mokyr)教授

《联合早报》郭嘉惠摄

实际上，人类的技术在远古就有发展，例如建筑。人类历史的开端就以制造工具为表征。考古发现有石器工具，就说明有人类了。人类的石器时代是200万～300万年前开始的，制造石器可以说是一种技术。我国古代的工艺技术有家族性质，传男不传女，因为工艺技术是家族的财富。经过家族几代人的经验积累、改进，工艺技术会有提高。直到现在，有人还相信家传秘方。科学与工艺技术的区别是，科学认识没有直接经济效益，科学认识的发展需要科学共同体的贡献，不是自始至终由单一科学家和家庭提供的。各种认识之间的辩论导致新的实验，从而获得大家一致认可的科学知识。人类文明社会已经有几千年历史了，可是科学的产生只是近几百年的事，而且现代科学产生的区域只局限在欧洲，其他地区对现代科学的产生没有贡献。为什么是这样呢？这只是稍微扩大了一些的李约瑟问题。

为回答这一问题，需要讨论现代科学产生的必要条件是什么。科学概念是很抽象的，例如，物理学中“力”、“热”和“能量”等概念，是看不见、摸不着的。如果没有学术界的辩论，仅仅通过家族的经验积累，是不可能提出这些概念来的，是不可能发展现代科学的。而且，这些科学概念没有直接经济价值，家族没有动力去传承。现代科学产生的必要条件是，社会上要有大批有职业收入的、受过研究训练的教授，要有科学研究和交流辩论的场所，要有非功利目的的思想潮流。当然，科学的后继发展还需要有两个必要条件，就是要有科学共同体组织学术交流，要有政府的经费支持，这是由于科学概念和科学规律本身是没有经济价值的。

这五个科学发生和发展的必要条件在中世纪的欧洲都出现了。最早实现的必要条件就是中世纪大学的建立，1158年，意大利正式成立欧洲第一所大学——博洛尼亚大学，之后法国巴黎大学和英国剑桥大学也相继成立了。大学支持教授的职业，大学提供交流辩论的场所。14—16世纪的欧洲文艺复兴运动和16世纪的宗教改革运动推动了创新思想潮流。17世纪，英国支持了英国皇家学会成立，接着欧洲各国都成立了科学学会，并且提供科研经费。

意大利博洛尼亚大学、法国巴黎大学、英国剑桥大学

英国皇家学会

这里所说的大学，要招生，有学制，有分科，教授讲课，学生听课，教授带学生研究课题等。到了15世纪，欧洲已经有了46所大学，大学开设了既讲课又做研究的大学教授职位，培养了大批受过研究训练的学生，提供了研究和交流的场所。这些学校早期主要讲授和研究的内容是神学和法律。文艺复兴运动将科学从归于神学的状况下解放出来，促使欧洲大学引入自然科学课程和提供科学研讨的场所，成为科学研究和成果交流的学术组织。大学还把所获得的科学知识传授给下一代，使之成为全社会的知识，促进科学的整体发展。“中世纪大学

的兴起，形成了主宰西方文化的专业知识分子阶层，造就了一批把基督教带进理性之海的哲学家——神学家，也培养了一批管理教会和国家的行政人员和律师以至教皇，特别是，它塑造了欧洲人说理论辩的思维习惯，形成了西方的学术传统……如果西方思想没有经过这几个世纪的理智训练的准备，以便用宇宙理性或人类智力去探索自然的秩序，那么，现代科学的诞生是不可能的。”例如在1669年，年仅26岁的牛顿担任剑桥大学的卢卡斯讲座的教授，在1687年牛顿发表了《自然哲学的数学原理》，开启了现代科学发展的新时代。

在1660年，英国创立了以促进自然知识为宗旨的皇家学会，这是促进科学发展的重要事件。早期的科学学会是科学家比照当时的商业行会形式自发组织起来的。2年后查理二世在学会的许可证上盖了印。当时的会员约为100人，到1670年就增加到200人以上。到1800年达到500人。牛顿在1703年成为皇家学会会长，并任职24年。英国政府在1850年发给学会1000英镑的资助，以帮助科学家进行研究和添置器材。政府资助制度从此确立，学会与政府的关系也从此建立了起来。英国以及其他一些国家的科学学会的成立，造就了科学研究所必需的学术共同体，从而使科学研究成为有意义的和光荣的事业。各国政府通过科学学会对科学研究直接给予经费支持，有力地推动了科学的发展。

中国历史上没有出现这些科学发生的必要条件。中国的教育制度是科举制。科举制在隋炀帝大业三年(607年)就开始实行，到1906年取消。在科举制下，学生在私塾学堂和书院中学习，由私塾先生执教，主要针对科举考试教学。唐宋进士科主要考诗赋。宋神宗熙宁时，王安石改用经义，以经书文句为题，应试者作文阐明其中义理。明清两朝的经义以四书五经的文句为题，规定文章格式为八股文，解释须依朱熹《四书集注》等书。中国古代的书院和学馆(如律学馆、医学馆等)主要行使国家社会管理职能,而不是近代大学的体制。总之,从15世纪到19世纪,由于中国实行科举制,没有现代体制的大学建立,既没有能从事科研的职业,也没有能做科研的场所,更没有交流成果的机制,因而没有产生促进科学发展的必要条件。

科举制度(中国古代通过考试选拔官吏的制度)

在中国,近代第一所新式大学京师同文馆,是清政府在1862年在总理衙门设立的。此后,清政府又决定设立算学馆,教学天文算学。1898年,作为戊戌变法的新政之一,清政府建立京师大学堂,1912年5月更名为国立北京大学。我们看到,中国近代第一所新式高等学校建立的时间比欧洲第一所大学的建立时间要晚700多年。就在这期间,

京师同文馆(清末第一所官办外语专门学校)

在西方国家发展了现代科学。

为什么中世纪欧洲广泛建立了大学呢？这是由于基督教教会的作用。在中世纪的早期，欧洲教育的中心是教会办的修道院。在11—12世纪，教会在城市开办教会学校，开设用拉丁文讲授的课程，主要内容是神学，还有“七艺”，即文法、修辞、逻辑、数学、几何、音乐、天文学，传授古典文化和世俗知识。到12世纪中期，这类教会学校自发地演变成了较大规模的教学团体，也就是大学的初始形态。欧洲中世纪早期的大学，主要是讲授和研究神学和法律（罗马法），接受教会资助。许多大学都是基督教的机构直接创立的。巴黎大学的前身是索邦神学院，1261年正式使用“巴黎大学”一词。13世纪时，巴黎大学的学生已经上万名了。巴黎大学同教皇和国王都有着特殊关系。特别是13世纪和14世纪，巴黎大学是整个西方基督教世界的学术机构。现在，在欧美大学的毕业庆典上，流行穿的长袍学位服，很像基督教的神职人员的服装，这些长袍学位服是现代大学起源于基督教的一个历史痕迹。

为什么欧洲的基督教在中世纪支持办学，支持科学研究，而中国的佛教和道教没有支持办学，没有支持科学研究呢？基督教是单一神教，只信仰上帝。他们认为，更多的人信仰上帝，就会有更多的人免除苦难，所以，他们积极传教。基督教的大型教堂大都建在大城市中，便于传教。基督教办大学是传教的一种方式。就是在现在，美国著名的私立大学，例如哈佛大学、耶鲁大学、普林斯顿大学和布朗大学都与基督教教会关系密切。教会办大学的目的是传教，不是发展科学，可是大学办起来以后，就有独立性，客观上促进了科学发展。

中世纪天主教控制人们的思想。1517年马丁·路德（Martin Luther）开启了宗教改革，创立了基督教新教，解放了思想，推动了现代科学研究的兴起。基督教认为上帝是造物主，造出了自然。人们做科学研究，是认识自然，是认识上帝的伟大。一些著名的科学家都是虔诚的基督徒，例如牛顿、哥白尼、伽利略、开普勒、法拉第、开尔文、波义耳、哈密顿、麦克斯韦等都是虔诚的基督徒或者相信上帝存在。

中国佛教和道教都是多神教，人们可以信仰不同的神，传教不是信徒的首要任务，修行和炼丹才是首要任务。因此佛教和道教不积极办学。佛教的寺庙和道教的观大多都建在偏僻的山林中，有利于僧侣道士修行，但不利于传教。佛教信仰的最高境界，是一切皆空。他们的信念是，“菩提本无树，明镜亦非台，本来无一物，何处惹尘埃”。因而，佛教不鼓励对自然现象的科学研究。佛教认为，科学的新发现，佛祖早就预见到了。他们说，当科学家攀登到科学的顶峰时，就会发现佛祖已经在那里等待多时了。道家信仰道、元气、阴阳等，道教追求长生不死的目标。虽然道家与儒家共同对中国文化有重要贡献，但是从科学的角度来看，道家没有明确的自然的概念，而道教以长生不老为动力驱动的炼丹术的研究范围过于狭窄，因而不能发展成为现代科学。

至此，我们明白了为什么现代科学出现在西方基督教国家，而不是在中国。原因很简单，现代科学的发生需要社会为科学发展提供必要条件。由于传教的需要，基督教支持西方国家在中世纪的大城市建立了很多大学。早期，虽然这些大学主要讲授神学和法律，但是客观上为现代科学的研究提供了必要的人员和场所。欧洲中世纪大学的兴起与文艺复兴运动和宗教改革运动的结合就产生了现代科学。而在中国，现代体制的大学在接近 20 世纪才出现，中国的城市虽然发展很早，但是城市中没有大学的发展。中国佛教和道教似乎传教不积极，也没有办大学和支持科学研究的兴趣。

明白了现代科学发生的历史后，人们自然会有一些问题：现代科学的发生是偶然的吗？如果没有基督教的传教需要，是不是就没有大学出现呢？如果没有文艺复兴和宗教改革是不是就没有人们的思想解放，不会诞生现代科学呢？这又是一个有待探讨的问题。当前，我们非常庆幸人类已经有了科学。科学与宗教早已脱钩。现在我们可以在不信仰基督教的情况下，学习和研究科学了。

2019年10月20日发表于"pku空间所"公众号

参考文献

[1] 李秋零，田薇. 神光沐浴下的文化再生：文明在中世纪的艰难脚步[M]. 北京：华夏出版社，2000.

牛顿经典力学革命与火药军备没有直接关系

现代科学产生的背景是一个十分重要的课题，它的研究会影响政府对纯科学研究资助的安排方式。一种意见认为纯科学研究应当在大学中结合学生学习科学知识进行，另一种意见认为纯科学研究应该结合大型工程应用项目进行。2021 年出版的书《科学革命的密码——枪炮、战争与西方崛起之谜》（以下简称《密码》）认为火炮和战争导致了现代科学的产生，提出“火药军备导致牛顿经典力学革命”的观点。

东方出版中心出版的《密码》第 351 页指出：“但这些欧洲思想家没有意识到或者提及的是，基于火药的军备竞赛直接导致了牛顿经典力学革命和拉瓦锡化学革命的爆发。”该书进一步指出，“17 世纪的经典力学革命是枪炮的普遍应用和对炮弹飞行轨迹进行精确描述的战争需求下的产物”。该书的评论文章也指出，“《密码》一书不仅为我们展示

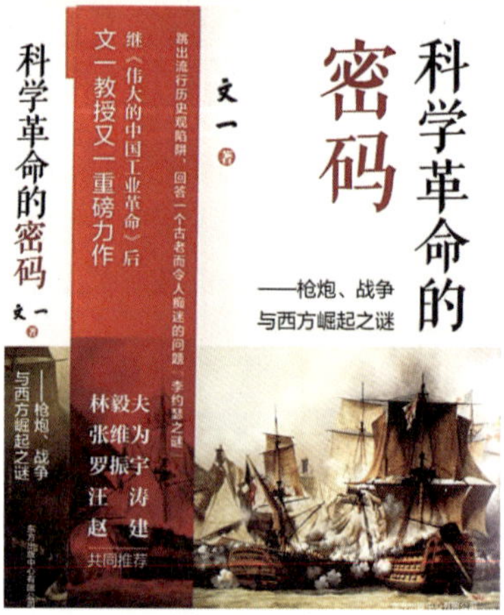

文一教授的书——《科学革命的密码——枪炮、战争与西方崛起之谜》

了科学革命起源的战争原因，而且将这种规律的描述一直延续到今天”，并提出“只有总是遇到炮弹砸在脑袋上，并且人们普遍想把炮弹砸到别人脑袋上，才会发现万有引力和牛顿三大定律——不是苹果砸到牛顿脑袋上，而是炮弹砸到无数英国人脑袋上，才会产生极致的牛顿力学”。

但是《密码》没有给出支持其观点的可信的证据，该书提出的“火药导致牛顿经典力学革命”的观点受到了质疑。该书只是列出了16—17世纪，欧洲使用火炮的战争发生的记录和火药的产量直线上升的记载，但是没有给出火炮与牛顿经典力学革命的内在联系。本文将根据历史资料进一步探讨这一问题。由于牛顿经典力学革命直接开启了物理学的革命，牛顿经典力学的研究典范又指导了现代科学革命，因此对牛顿经典力学革命相关情况的研究可以反映现代科学革命产生的背景。本文将讨论与牛顿经典力学革命有关的一些情况：①牛顿经典力学革命的背景和动力；②牛顿经典力学革命的内容、解决的关键问题和影响；③牛顿经典力学革命与基于火药的军备竞赛无直接关系；④牛顿经典力学革命历程的启示。

一、牛顿经典力学革命的背景和动力

在牛顿的年代，关于天体运行现象已经有开普勒定律描述了。德国天文学家开普勒从丹麦天文学家第谷20多年的观测所得资料中总结出开普勒第一定律和开普勒第二定律，发表于1609年，开普勒第三定律发表于1619年。开普勒三大定律如下。

(1) 开普勒第一定律(轨道定律)：每一行星沿一个椭圆轨道环绕太阳，而太阳则处在椭圆的一个焦点中。

第谷的天文台

在哥白尼之后，由丹麦国王腓特烈二世资助的第谷·布拉赫拥有当时最好的观测恒星和行星运动轨迹的设备，以及一个大型的私人天文台来获取极其精确的数据。当时只有他能够制作出比任何人都精确 10 倍的星图

(2) 开普勒第二定律(面积定律)：从太阳到行星所连接的直线在相等时间内扫过同等的面积。

用公式表示为：$S_{AB}=S_{CD}=S_{EK}$。

(3) 第三定律(周期定律)：所有行星轨道的半长轴的三次方与其公转周期的二次方的比值都相等。

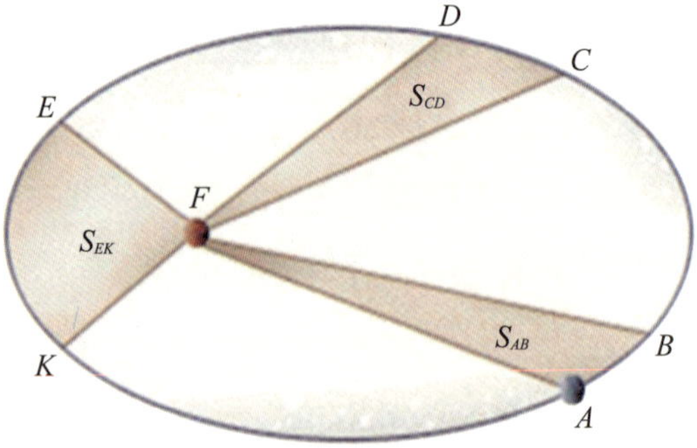

开普勒第二定律的示意图

开普勒三大定律是牛顿研究力学的主要依据。牛顿开始研究经典力学，是在1665—1666年，英国鼠疫大流行时期。23岁的牛顿从剑桥大学三一学院回到家乡，躲避鼠疫。牛顿在这18个月中，开始了对于天体运行的研究。牛顿的伟大著作《自然哲学的数学原理》(以下简称《原理》)是在1686年发表的。牛顿为此研究了21年。牛顿研究的动力是什么呢?

牛顿自己是这样说的:“我不知道世界会怎样看待我，但我认为自己不过像是在海滩上玩耍的男孩，不时地寻找到一些较光滑的卵石和漂亮的贝壳，并以此为乐，而对于摆在我面前的真理的汪洋大海，我还一无所知。”牛顿的主要任务不仅仅是揭示宇宙的结构，而且是要解决如下的一些问题:“在几乎是空无物质的地方有什么?”“我们在宇宙中看到的一切秩序和美从何而来?”牛顿在《原理》第一版序言中指出:“哲学家们对这些力(自然力)一无所知，所以他们对自然的研究迄今劳而无功，但是我期待本书所确立的原理能于此或真正的哲学方法有所助益。”这里，“哲学家们”是指推行以太漩涡说的笛卡儿和他的支持者们。牛顿的思想几乎从一开始就沿着与笛卡儿对立的方向形成和发展。牛顿对于经典力学研究的动力，就是推翻笛卡儿的以太论，建立自洽的宇宙力学体系。牛顿研究的动力与火药、枪炮和战争没有直接关系。

以太是一个古老的概念，最初是由古希腊哲学家亚里士多德设想的一种“最纯洁”的元素。1644年法国的笛卡儿首先把以太概念引入科学，提出了以太漩涡说。笛卡儿认为，整个空间充满了一种不可见的、连续的本原物质，叫作以太，它处于不停的漩涡形状的激烈运动之中。

笛卡儿假设，宇宙充满以太，而以太中充满漩涡。他把行星的圆周运动、重物的下落都归之于漩涡吸引的结果。太阳的转动在以太中形成宇宙漩涡，漩涡运动带动各个行星运动。但是，要解释地球和各行星的自转，就需假设在宇宙大漩涡中包含有方向和速度都不同的小漩涡。月球之所以绕地球运动，是因为地球周围有次漩涡或较小漩涡。在地面，以太这种微细的物质，不为我们的视觉、触觉，或其他任何感觉所感知，但是它充满地球表面附近及与其相连接的空间。在漩涡中重物趋向中心，轻物离开中心，因此，重物总是落向地面。抛出的石头不沿直线运动，而是沿抛物线向下坠落，是因为石头浮动于这种微细的流体内，随它一同运动。而流体沿抛物线运动，所以石头当然也必定沿抛物线运动。

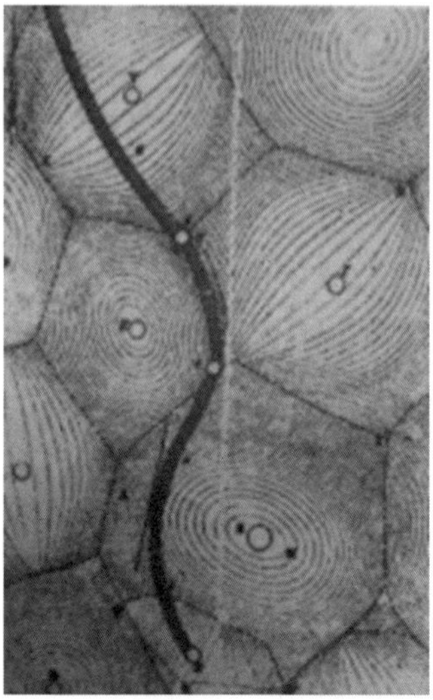

笛卡儿的以太漩涡假设

图中细实线为漩涡流线，粗实线表示彗星的运动轨迹

在以太漩涡说之前，人们认为是看不见的天使推动行星运动的。以太漩涡说是人类历史上首次试图根据力学原理而不是用泛灵论的观点和神创论去解释自然现象。但是，以太漩涡说无法被观测证实，对现象的解释也不能自洽。彗星的运动轨道是圆锥曲线，其偏心率很大，完全自由地穿过行星区域，不能被以太漩涡说所解释。如果行星和彗星物体是由漩涡携带绕太阳运行的，这样的物体以及漩涡中紧挨着它们的部分，必定以相同的速度和方向运动。但可以肯定的是，行星和彗星，当它们出现在天空的同一区域时，运动的速度和方向都不相同。为了解释这一现象，需要假定以太流体在空间局部区域，以不同的速度和方向旋转。这就是说，同一天空中必须同时存在有几种不同的漩涡，它们相互穿透，做着不同的环绕运动。但是人们很难想象这种漩涡的分布是客观存在的。

基于笛卡儿的以太漩涡说建立的宇宙论在当时被广泛接受。但是牛顿认为，笛卡儿的以太漩涡说不能解释开普勒第三定律。牛顿用了20年的时间，推翻了基于以太漩涡说的宇宙论，建立了以经典力学为基础的宇宙论。牛顿在《原理》第二编第一章、第二章和第三章，针对假设的几种不同的阻力与速度的幂次关系，计算了阻力影响下的漩涡运动。计算结果证明以太漩涡说不符合开普勒的定律。在《原理》第二编第九章命题52的附注部分，牛顿指出："我之所以在本命题中研究漩涡的特性，目的在于了解天体现象是否可以通过漩涡说做出解释。这些现象是这样的，卫星绕木星运行的周期正比于它们到木星中心距离的3/2次幂（开普勒第三定律）；行星围绕太阳运行也遵从相同的规律。如果卫星和行星是由漩涡携带绕木星和太阳运转的，则漩涡也必定遵从这一规律。但是，我们在此发现，漩涡各部分周期正比于到运动中心的平方，该比值无法减小并化简为3/2次幂。"牛顿在《原理》总释中又指出，彗星以极为偏心的椭圆轨道运动，自由地通过同一天空中的所有部分，绝非漩涡说可以解释。

由以上分析，我们看到，牛顿研究经典力学的背景是，当时大家都相信笛卡儿的以太漩涡说。英国和整个欧洲大陆的大学都讲授这个理论，和以它为基础的宇宙学说。牛顿在鼠疫大流行时期，就已经看出这一学说的问题，摧毁这一学说，就成为牛顿研究生涯的首要直接目标。牛顿研究的动力，是要证明笛卡儿的以太漩涡说不符合观测事实，不符合开普勒定律。推翻当时解释天体运动的以太漩涡说，就可以为牛顿新的宇宙学说开辟道路。牛顿要用统一的力学原因去解释从地面物体到天体的所有运动现象。因此牛顿的研究与火药和火炮支持的战争没有关系。这不是炮弹砸到无数英国人脑袋上，而是大彗星从无数英国人脑袋上飞过，直接否定了笛卡儿的宇宙论，为牛顿创造新的宇宙论扫清了道路。

1577 年的大彗星

可以说该彗星吸引了全欧洲的目光。由于彗星角速度的移动慢，第谷认为彗星所在空间位置比月球距离地球更远

二、牛顿经典力学革命的内容、解决的关键问题和影响

牛顿的《原理》提出了科学研究的范式，即“用数学处理由实验和观测揭示的，并由理性整理外部世界的实际情况”。牛顿的《原理》提出了自然力的概念。之前伽利略研究了运动学，但是没有讨论自然力的概念。牛顿提出了力学大三定律，奠定了现代各种力学的基础，包括流体力学、固体力学、刚体力学、材料力学、电动力学等。《原理》的重要贡献是提出了万有引力这个概念和词汇，建立了自洽的包括行星运动和地面物体落体运动的宇宙力学体系。现代天体物理的观测发现，相隔巨大的空间范围的星系团之间，也有引力相互作用。携带遥远天体信息的引力波的概念虽然不是牛顿提出的，但是是在牛顿提出的引力的概念基础上发展起来的。

下面说明，在《原理》中，牛顿如何由开普勒三大定律和牛顿力学三大定律，推导出万有引力定律的。牛顿首先证明符合开普勒面积定律的运动的星体一定受到向心力的吸引。牛顿把行星绕太阳的圆周运动解析为多个相等时间段的折线，每一折线可理解为沿切线方向的直线运动（Bc）和向心运动（$BV=Cc$）合成。根据牛顿第一定律，星体应该沿切线方向沿直线向遥远方向运动（图中 Bc），因为没有看见有阻挡的物体。但是开普勒第一定律说行星轨道不是直线，而是椭圆。牛顿为了简化，先讨论圆形轨道。为了沿着圆形轨道运动，想象的沿切线运动的星体必须折回来。假定星体在 c 点沿平行 SB 的方向折回，c 点由等式 $AB=Bc$ 确定。在下一个时间节点，星体应该出现在 C 点。这样考虑是为了满足开普勒第二定律。因为，三角形 ASB 的面积等于三角形 BSc 的面积（同高，底边相等），又等于三角形 BSC 的面

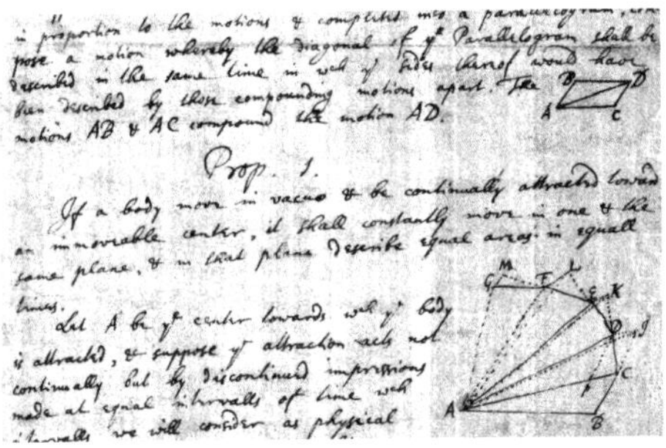

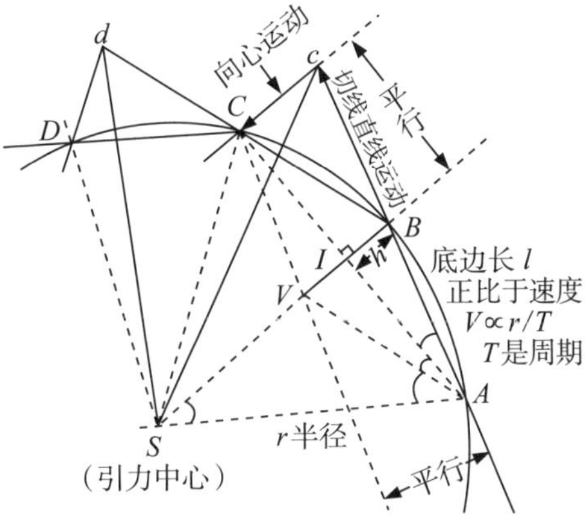

牛顿把行星绕太阳的圆周运动解析为多个相等时间的线段。每一段线可理解为沿切线方向的直线运动（Bc）和向心运动（$BV=cC$）的合成。$AB=BC=CD$。线段 BI 长度为 h，正比于向心力。对于圆周运动，折线长度趋于 0，SA 趋于垂直 AB，直角三角形 ASB 与三角形 ABI 相似，得到 $h/l=l/r$，$h=l^2/r$。又由于 l 正比于速度和 r/T，T 是周期，于是 $h=r/T^2$。结合开普勒第三定律，T 正比于 $r^{\frac{3}{2}}$，于是有向心力正比于半径的−2 次幂。

牛顿导出与半径平方成反比的引力定律的示意图

左图引自《原理》，右图由作者绘制

积(等高,同底边)。画 $BV=cC$,我们看到,折线运动(BC)是由切线运动(Bc)与向心运动(BV)合成的。根据牛顿第二定律,向心运动必定由向心力产生。

牛顿接着利用极限的概念和几何学的知识由开普勒第三定律推导出向心力与半径平方成反比(详见图中说明)。简要说明如下。假定向心力正比于 h(线段 BI 的长度)。下面再假设一个极限过程,即每段沿切线方向的折线长度趋近 0,于是得到 h 与弧长 l、半径 r 的数学关系。这里,行星在单位时间扫过的弧长正比于半径和反比于周期。然后根据开普勒第三定律,得到向心力与半径的平方成反比。星体受到的向心力,就是太阳的引力。

下面我们讨论,行星受到的引力,是不是地球上的物体受到的重力的问题。牛顿在《原理》的第三篇命题 3 和命题 4 中证明了重力就是地球的引力。证明过程比较复杂。他首先在第一篇的命题 45 中给出了月球受到地球引力作用沿椭圆轨道运动的描述。然后,又在第三篇的命题 3 中,根据月球在远地点区域运动极慢的观测事实,证明了"使月球停留在环绕地球轨道的力,反比于月球到地球中心距离的平方"。这就说明了,月球受到的地球的引力与行星受到的太阳的引力都是相同的引力。下一步,需要证明,月球受到的地球引力产生的加速度与地面上的物体受到的重力加速度是相同的,都遵从同一的与半径的平方成反比的规律。牛顿考察一假设的事件,月球和地面物体都是从速度为 0 开始"下落"运行相同的时间间隔,如果月球"下落"的距离与地面物体下落的距离之比,反比于月球至地球中心距离与地球半径之比的平方,就证明了地球对月球的引力就是地面的重力。牛顿把 1 分钟内月球在其轨道上扫过的弧对应的高($15\frac{1}{12}$巴黎尺,1 巴黎尺≈0.325 米)看作是,月球在地球引力的作用下在初始 1 分钟内"落"向地球的距离。已知，月球在朔望点的地心距离是60倍的地球半径。地面物体在重力作用下，初始1分钟“下落”的距离应该是60×60×(15+1/12)巴黎尺，相当于地面物体1秒落下的距离是(15+1/12)巴黎尺，牛顿指出后者数值正是惠更斯确认过的。牛顿总结说，“使月球停留在其轨道上的力，在月球落到地球表面上时，变为等于我们看到的重力，所以，使月球停留在其轨道上的力，与我们通常所说的重力完全相同”。这就是万有引力。

前面示出的牛顿关于行星所受向心力与半径平方成反比的证明是对行星圆形轨道做的。到1684年，当时的科学家哈雷、胡克和雷恩，与牛顿一起讨论这一问题。哈雷问对于椭圆轨道如何证明。前面三人都说不知道。牛顿说以前对椭圆轨道证明过，但是手稿找不到了，可以再写出来。当哈雷看到牛顿把这一证明推广到椭圆轨道的文章时，就极力劝他写书出版。牛顿在《原理》的序言中指出，“埃德蒙·哈雷一直敦促我把证明提交给皇家学会”，“在他们善意的鼓励和请求之下，我才决定把它们发表出来”。《原理》由英国皇家学会正式出版，而出版经费是由哈雷自费资助的。这一巨著的出版过程，说明牛顿对经典力学的研究原来没有出版目的，似也没有经费支持。这也证明牛顿的研究与火药和火炮这种需要大量资金的工程技术项目没有关系。埃德蒙·哈雷是当时英国的天文学家和数学家，曾任牛津大学几何学教授，是第二任格林尼治天文台台长。

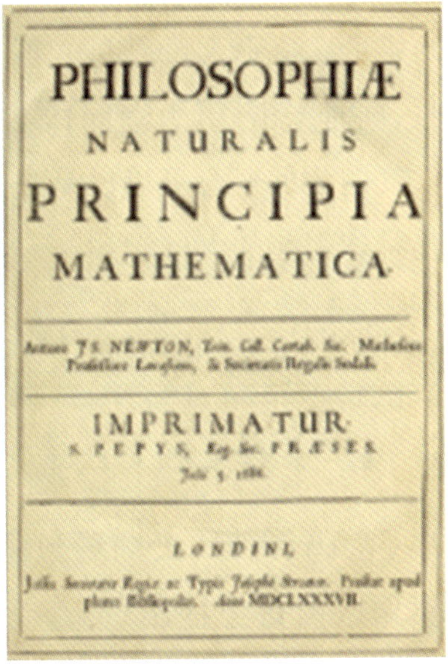
PHILOSOPHIÆ
NATURALIS
PRINCIPIA
MATHEMATICA
IMPRIMATUR
LONDINI,

牛顿《自然哲学的数学原理》封面

《原理》的出版震动了整个英国

和欧洲学术界。此后，牛顿当选为国会议员，被任命为造币局总监、英国皇家学会会长，受女王册封成为爵士。但是对于《原理》，法国与英国的反映不一样。法国人仍然相信笛卡儿的以太漩涡说，认为万有引力隔空作用很难理解。伏尔泰在《哲学书简》中说："一个法国人到了伦敦，发觉自己身处一个完全陌生的世界。去的时候还觉得宇宙是充实的，现在却发觉宇宙空虚了。在巴黎，宇宙是由精细物质的漩涡组成的，而在伦敦，人们却一点也不这样看。"一直等到法国那些怀疑牛顿经典力学的科学家、教授过世之后，新一代科学家才一致支持牛顿的经典力学和宇宙论。

我们看到，虽然《原理》的出版标志着现代科学革命的开始，并在两个世纪之后导致欧洲工业革命，但是，《原理》的出版没有立即产生明显的社会应用。对哈雷彗星轨道的计算可算是一个应用。哈雷与牛顿的计算表明，1682 年出现的彗星与 1607 年出现的彗星的轨道应当是相同的，即它们是同一颗彗星，其周期为 75 年。这颗彗星，确实在 1758 年、1834 年、1910 年和 1986 年回到地球空间。这就是著名的以哈雷的名字命名的彗星。再有，《原理》一书中首先解释了海洋潮汐现象，同时指出，引力潮同样会影响大气，就像它影响海洋一样。因此，大气潮汐的概念可以说是牛顿第一个提出来的。但是，当时很难检测出月球引起的大气潮汐。

三、牛顿经典力学革命与基于火药的军备竞赛无直接关系

1.《密码》提出"火药导致牛顿经典力学革命"的说法不是首创，欧洲人以前曾经提出过

《密码》认为这些欧洲思想家没有意识到或者提及火药导致牛顿

经典力学革命(该书第351页)。可是,这不是实际情况。这一说法,在欧洲曾被提出过,不是《密码》首次提出来的。只是这一看法不被当时的人们所接受。亚历山大·柯瓦雷的文章《牛顿综合的意义》指出:“我有时会被告知,新科学是工匠和工程师的科学,是实用的……这些描述和解释当然不无道理:毋庸置疑,现代科学的发展是以城市的发展为前提的,火器,特别是火炮的发展,显然使弹道学问题受到了重视;航海,特别是通往美洲和印度的航行,促进了钟表的制造等。”我们看到,这些说法与《密码》的提法是完全一样的。但是,亚历山大·柯瓦雷不同意这些说法。他写道:“我必须承认,我对这些解释并不满意。我看不出所谓‘行动的科学’与微积分的发展有什么关系,看不出资产阶级的兴起与哥白尼或开普勒的天文学有什么关系。”显然,弹道学促进牛顿力学发展的观点的困难在于,人们当时没有发现这两者之间的内部联系。

2. 牛顿经典力学革命的动力、内容和直接影响都与火药的军备竞赛无关

下面我们考察《密码》的下述论断“基于火药的军备竞赛直接导致了牛顿经典力学革命”是否符合历史事实。我们先说明一般论证“导致”的逻辑应该是怎样的。要想说明A导致B,首先必须找到A与B的现实的关联事实,然后再进一步找出其因果关系。如果A与B没有关联性,则A导致B的论断不成立。这里A代表基于火药的军备竞赛,B代表牛顿经典力学革命。根据这样的逻辑思考,如果我们说明了A与B没有关联性,我们就证明了牛顿经典力学革命不是基于火药的军备竞赛直接导致的。

在本文“牛顿经典力学革命的背景和动力”的论述中,我们说明了,牛顿研究的动力来自他反对笛卡儿提出的以太漩涡说。牛顿的根

据是开普勒基于观测资料总结出的天体运行的三大定律,观测资料源自第谷长期观测的结果,观测是在由丹麦国王资助的私人天文台进行的。我们看到,牛顿的研究动力、牛顿所依据的天体运行规律的发现,都与基于火药的军备竞赛没有任何关系。在本文"牛顿经典力学革命的内容、解决的关键问题和影响"这部分论述中,我们介绍了牛顿如何由开普勒三大定律推导出万有引力定律。牛顿用了几何学和极限概念,这与火药概念完全不沾边。最后,我们看到牛顿没有经费出版他的巨著《原理》,是靠朋友私人资助才出版的。这说明牛顿没有得到与火药的军备竞赛相关的项目资助。牛顿做这研究完全是由于个人兴趣,并不服务于火药和火炮生产。结论是,牛顿经典力学革命与火药、火炮和战争无关。

3. 牛顿《原理》的发表没有推动即时的火炮弹道应用

《原理》推翻了笛卡儿的以太漩涡说,建立了经典力学和宇宙力学体系,与火炮和弹道没有关系。牛顿在《原理》书中给出了在不同阻力假设的条件下计算出的物体运动轨道。但是,这不是针对火炮的弹道计算的,因为其所用阻力是凭空假设的,不是炮弹在实际弹道上受到的阻力。牛顿这些基于假设的阻力的计算结果,是用来否定笛卡儿以太漩涡说的。在第二篇结尾,命题53附注的第一句话就是否定以太漩涡说的——"行星的运动并非由物质携带"。这一篇的最后两句话则是进一步否定漩涡说,并预告牛顿经典力学的结果:"这使得漩涡假说与天文现象严重对立,非但无助于解释天体运动,反而把事情弄糟。这些运动究竟是怎样在没有漩涡的自由空间中进行的,可以在第一篇中找到答案;我将在下一篇中对此做进一步论述。"

实际上,《原理》的发表并没有对火炮技术产生即时的推动作用。火炮的效果是基于多种技术综合发展的。由于火炮中的火药爆炸给出很大的压力，炮筒要能经受这种巨大压力而不爆炸。这要求火炮装药量适当，炮筒铸造准直度高，炮膛光滑，炮弹与炮膛密接，否则，会导致炮筒爆炸或者炮弹打不远。这些问题，当时都是通过实验来解决的，牛顿经典力学的计算当时帮不了多大忙。对于已经造出的火炮，只要对不同的仰角各发射 10 发炮弹，然后对落点位置进行平均统计，即可求出落点距离随仰角变化的表格。通常，炮手会得到使用手册。炮手只需要改变炮筒的仰角，就可调节炮弹落点的距离。因为当时的射程在目视范围之内，炮手可预发几颗炮弹，就可找到最适合的仰角，完全不需要牛顿经典力学的计算。下面是哈里特(Thomas Harriot)通过比较当时的《实用炮学手册》给出的两种小型火炮的射程随角度的变化统计表(表 1)。

表 1　卡普比安科与柯拉多射程变化统计表

角度	卡普比安科的射程(步)	柯拉多的射程(步)
45°	1053	1053
37.5°	1044	1040
30°	1000+1/3	1010
22.5°	930	954
15°	746	794
7.5°	438	594
0°	88	268

17 世纪炮学手册给出的两种小型火炮的射程随角度的变化。

我们看到，在 45°仰角，两种火炮的射程相同，都是 1053 步。如果一步的长度是 0.75 米，射程就是 790 米。看来，当时欧洲的火炮的射程还是可观的，而且射程稳定。从 30°～45°，两种炮的射程都相互接近，相差不超过 5 米。在牛顿的时代，没有用到牛顿经典力学的计算，欧洲火炮技术已经靠经验和实验发展到一定的水平了。

4. 是苹果，而不是炮弹落下来引发了万有引力思想

《密码》的评论文章认为“不是苹果砸到牛顿脑袋上，而是炮弹砸到无数英国人脑袋上，才会产生极致的牛顿力学”。《密码》也在376页提出苹果落地引发牛顿的万有引力思想的故事是“以讹传讹”。

然而文献显示，关于“苹果掉下来引起万有引力的概念”的故事是真实的。证据是这样的——牛顿的老朋友威廉·斯图克（William Stuke）在他的回忆录中为此给出了可信的信息。他在回忆录中有如下记录。1726年4月15日，斯图克拜访牛顿，“晚饭后，天气暖和，我们走进花园喝茶，在一些苹果树的树荫下，只有他和我。在谈话中，他告诉我，他的处境和以前一样。万有引力的概念进入了他的脑海，这是一颗苹果掉下来引起的，当时他正处于沉思中”。这个证据，明确给出了谈话发生的时间（1726年4月15日，晚饭后）、人员（威廉·斯图克和牛顿）、地点（花园苹果树的树荫下）和内容（苹果掉下来引起万有引力概念进入牛顿的脑海），这包括了作为证据所需要的全部法律要件。斯图克回忆录中给出的这一信息应该是可信的。科瓦雷在书中的注释4中说，有一个常被历代历史学家视为传说的著名故事说，牛顿的引力思想是苹果落地引发的。这种说法似乎是完全真实的。

我们相信威廉·斯图克记载的牛顿83岁时对他说的关于苹果的故事。然而，牛顿当时是回忆他40年之前的思想过程。我们知道，长期记忆是会失真的，记忆需要佐证。然而思想历程的记忆无法佐证。让我们尊重和相信牛顿83岁时对威廉·斯图克说的话吧！我觉得这故事是可以理解的。牛顿通过把月球在地球引力作用下下落的距离与地面物体在重力作用下下落的距离比较，证明了地球的重力就是地球对月球的引力，因而证明了万有引力定律。这一比较的想法非常巧

妙，有可能是看到苹果落地时想起来的。如下图所示，左边是有关文章原文，右边是中文翻译。

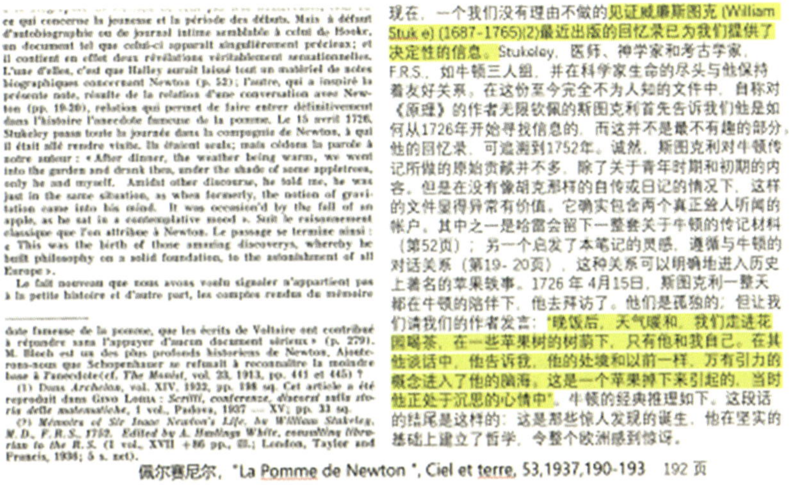

ce qui concerne la jeunesse et la période des débuts. Mais à défaut d'autobiographie ou de journal intime semblable à celui de Hooke, un document tel que celui-ci apparaît singulièrement précieux; et il contient en effet deux révélations véritablement sensationnelles. L'une d'elles, c'est que Halley aurait laissé tout un matériel de notes biographiques concernant Newton (p. 52); l'autre, qui a inspiré la présente note, résulte de la relation d'une conversation avec Newton (pp. 19-20), relation qui permet de faire entrer définitivement dans l'histoire l'anecdote fameuse de la pomme. Le 15 avril 1726, Stukeley passa toute la journée dans la compagnie de Newton, à qui il était allé rendre visite. Ils étaient seuls; mais cédons la parole à notre auteur : « After dinner, the weather being warm, we went into the garden and drank thea, under the shade of some appletrees, only he and myself. Amidst other discourse, he told me, he was just in the same situation, as when formerly, the notion of gravitation came into his mind. It was occasion'd by the fall of an apple, as he sat in a contemplative mood ». Suit le raisonnement classique que l'on attribue à Newton. Le passage se termine ainsi : « This was the birth of those amazing discoverys, whereby he built philosophy on a solid foundation, to the astonishment of all Europe ».

Le fait nouveau que nous avons voulu signaler n'appartient pas à la petite histoire et d'autre part, les comptes rendus du mémoire

dote fameuse de la pomme, que les écrits de Voltaire ont contribué à répandre sans l'appuyer d'aucun document sérieux » (p. 279). M. Bloch est un des plus profonds historiens de Newton. Ajouterons-nous que Schopenhauer se refusait à reconnaître la moindre base à l'anecdote (cf. The Monist, vol. 23, 1913, pp. 441 et 445) ?

(1) Dans Archeion, vol. XIV, 1932, pp. 198 sq. Cet article a été reproduit dans Gino Loria : Scritti, conferenze, discorsi sulla storia delle matematiche, 1 vol., Padova, 1937 — XV; pp. 33 sq.

(2) Mémoirs of Sir Isaac Newton's Life, by William Stukeley, M. D., F. R. S., 1752. Edited by A. Hastings White, consulting librarian to the R. S. (1 vol., XVII +86 pp., ill.; London, Taylor and Francis, 1936; 5 s. net).

现在，一个我们没有理由不做的见证威廉斯图克 (William Stuk e) (1687-1765)(2)最近出版的回忆录已为我们提供了决定性的信息。Stukeley，医师、神学家和考古学家，F.R.S.，如牛顿三人组，并在科学家生命的尽头与他保持着友好关系。在这份至今完全不为人知的文件中，自称对《原理》的作者无限钦佩的斯图克利首先告诉我们他是如何从1726年开始寻找信息的，而这并不是最不有趣的部分。他的回忆录，可追溯到1752年。诚然，斯图克利对牛顿传记所做的原始贡献并不多，除了关于青年时期和初期的内容。但是在没有像胡克那样的自传或日记的情况下，这样的文件显得异常有价值。它确实包含两个真正耸人听闻的帐户。其中之一是哈雷会留下一整套关于牛顿的传记材料（第52页）；另一个启发了本笔记的灵感，遵循与牛顿的对话关系（第19- 20页），这种关系可以明确地进入历史上著名的苹果轶事。1726 年 4月15日，斯图克利一整天都在牛顿的陪伴下，他去拜访了。他们是孤独的；但让我们请我们的作者发言："晚饭后，天气暖和，我们走进花园喝茶，在一些苹果树的树荫下，只有他和我自己。在其他谈话中，他告诉我，他的处境和以前一样，万有引力的概念进入了他的脑海。这是一个苹果掉下来引起的，当时他正处于沉思的心情中"。牛顿的经典推理如下。这段话的结尾是这样的：这是那些惊人发现的诞生，他在坚实的基础上建立了哲学，令整个欧洲感到惊讶。

佩尔赛尼尔，"La Pomme de Newton "，Ciel et terre，53,1937,190-193　192 页

牛顿万有引力的想法由苹果落下引起的故事的来源

左图为原文献，右图为中文翻译

5. 牛顿经典力学革命与战争无关

《密码》的 346 页指出："如果没有火药、火炮的刺激，无论是经典力学革命还是化学革命，都是不可能发生的。"又断言："如果没有基于火药与火炮的大规模杀伤性高频率战争的刺激，经典力学革命和化学革命甚至永远都不可能发生。"

我们看到，牛顿经典力学革命真的是在没有火药、火炮的刺激下，在没有大规模杀伤性高频率战争的刺激下发生的。牛顿的宇宙力学体系与火药、火炮、战争扯不上关系。牛顿的研究过程中没有任何一件具体事件能表明他的研究与火药、火炮有具体的、直接的而不是想象的联系。《密码》断言的"不可能发生的"和"甚至永远都不可能发生"的事确实发生了。

《密码》376 页认为,“其实现代科学从它诞生的第一天起,就是为战争和杀人武器‘量身定做’的。科学革命巨匠牛顿本人就是在欧洲大地隆隆炮声中诞生,并在隆隆炮声中去世的。牛顿出生于 1643 年 1 日 4 日,1727 年 3 月 31 日去世,享年 84 岁。其间,欧洲爆发过至少 44 场战争,其中与英国直接有关的就至少有 10 场”。该书接下来列出了这些战争:3 场英国内战(1642—1651 年)、法西战争(1635—1659 年)、英西战争(1655—1659 年)、法荷战争(1672—1678 年)、土耳其大战(1683—1699 年)、九年战争(1688—1697 年)、西班牙王位继承战争(1701—1714 年)、英西战争(1727—1729 年)。

《密码》的这一段文字是什么意思,没有说清楚。是说牛顿建立的经典力学是为了支持这些战争吗?可是《密码》没有给出证据。同时代发生的事件之间并不自然有因果关系。例如,我们知道在某次地震发生之前,老王吃了饺子,但是不能断言,那次地震是老王吃饺子触发的。想说明两个事件有因果关系,必须给出其内在联系。《密码》没有指出哪一场战争的哪一件武器是牛顿设计制造的,牛顿的经典力学被用去支持了哪场战争,被用去制造了哪一件杀人武器。《密码》甚至没有给出证据证明牛顿确实听到了隆隆炮声。

可能是由于哈雷支持和资助了牛顿《原理》的出版,《密码》用了相当的篇幅来描述哈雷的活动,希望能从哈雷的活动中找到牛顿经典力学支持杀人武器的证据,但是没有。《密码》369 页写道,“哈雷宣称他应用牛顿理论的法则可以对所有炮兵都适用:不仅可以节省使用的火药,而且可以提高打击的精度”。《密码》引用的哈雷的这段话,不能说明任何问题。因为这段话没有引用出处,只是说“哈雷宣称”,没有时间、地点、人物,不可信。再有,这段话本身用了 3 个“可以”,表明只是对未来的预言,实际什么都没有做。《密码》还指出哈雷提出了炮弹与炮膛的吻合程度的问题,还研究过一艘船在极端天气下运载大炮的方法，但是，这些研究都与牛顿经典力学无关。《密码》还提道，哈雷和牛顿都曾研究空气阻力对弹道的影响，得出的结论是，“但是事实证明，对炮弹或子弹轨迹的精确的数学描述，几乎是不可能的。因为涉及求解复杂的偏微分方程，和需要准确知道环境参数与其他技术变量等一系列问题”。

结论很清楚，牛顿发展的经典力学在当时没有为战争“量身定做”任何杀人武器，也没有能力这样做。

6. 哲学家罗素被曲解

《密码》为了给“火药导致牛顿经典力学革命”的错误论点寻找支持材料，明显曲解了哲学家罗素的意思。伯特兰·罗素（Bertrand Russell）是英国著名的哲学家、数学家、历史学家和文学家，是分析哲学的主要创始人。1920 年，罗素应梁启超等人之邀来北京讲学 1 年，随后出版了《中国问题》一书。

《密码》在 388 页，引用了该书中的一段文字：

不幸的是，中国文化中有个缺点：缺乏科学。中国的艺术、文学、风俗习惯绝不亚于欧洲人。……英国后来虽有莎士比亚、密尔顿、洛克、休谟和其他的文学家和艺术家，但是并不能使我们比中国人更优秀。使我们处于优势的是牛顿、波义耳以及后起的科学家，……因为他们给了我们熟练的杀人技艺。一个英国人杀一个中国人比一个中国人杀一个英国人要容易。

《密码》接着给出如下结论：“罗素道出了现代科学在西方出现的根本原因和它诞生的时代条件：它从一开始萌芽时，就是为杀人武器服务的，为提高武器的杀人效率服务的，从而是热兵器战争与国家间军备竞赛的产物。”

《密码》这一结论完全曲解了罗素的意思。罗素的意思是以牛顿、波义耳开启的现代科学革命为以后的英国军队增加了战斗力。也就是说,这是科学革命的一个后果,而不是原因。罗素没有说,牛顿的科学革命的目的是"为杀人武器服务"。罗素也没有讨论现代科学革命为什么产生的问题。《密码》的结论混淆了科学革命的后果与科学革命的原因,罗素没有说现代科学是"热兵器战争与国家间军备竞赛的产物"。《密码》还混淆了时间。罗素没有说,"从一开始萌芽时,就是为杀人武器服务的",罗素讨论的是,现代科学革命开始一个半世纪之后,英国的战争能力增进了,这表现在 1840 年的鸦片战争和 1860 年英法联军火烧圆明园的战争中。这时间要比牛顿发表《原理》的时间晚 150 年,牛顿当时不可能知道 150 年之后发生的事。

最后,需要指出,罗素造出的"熟练的杀人技艺"这一词汇,有明显的贬义。从罗素的《中国问题》一书的相关文字我们看到,罗素对中国社会倍加赞赏,特别是中国的艺术。罗素认为,英国在艺术方面不比中国强,能比中国强的就是"杀人技艺"了。"杀人技艺"这一词有鄙视的意思,没有支持的意思。在田瑞雪翻译的版本中,翻译过来的中文词汇是"杀戮艺术"。这个词与在该自然段开头关于"艺术文学"的讨论是相对应的。罗素的意思是,英国在"艺术文学"方面不比中国强,但是在"杀戮艺术"方面比中国强。这里,哲学家罗素暗中表达的是对于英国的"杀戮艺术"的鄙视和对鸦片战争中中国被杀戮的人的同情。罗素下面的一句话是:"1856—1860 年,英法联军与中国开战,毁掉了北京附近的圆明园。该建筑内藏珍品,艺术价值相当于威尼斯圣马可大教堂,远在法国兰斯大教堂之上。"由此我们可以清楚地看到,哲学家罗素的道德天平是倾向于中国的。但是哲学家罗素无意指责 300 多年前牛顿的经典力学革命"是为杀人武器服务的,为提高武器的杀人效率服务的"。

四、牛顿经典力学革命历程的启示

从牛顿经典力学革命的历程，我们看到，牛顿否定笛卡儿的以太漩涡说，建立他的经典力学和宇宙论的依据是开普勒三大定律。而开普勒三大定律所用数据来自第谷长期观测的积累。第谷观测工作的天文台是在丹麦国王腓特烈二世资助下建立的。这一天文台拥有当时欧洲最好的象限仪，获得了最精确的天体观测数据。我们看到，对于牛顿的经典力学革命来说，腓特烈二世、第谷、开普勒都是有重要贡献的人物，他们分别提供了资金、建台工程、精准数据和正确的分析总结。牛顿在剑桥大学的教授职位，为他提供了长期稳定研究的条件。科学家之间的科学讨论有重要促进作用，哈雷还提供了多方面的具体帮助，包括建议出版，并出资付《原理》的出版费用。我在《现代科学产生的必要条件，回答李约瑟之问》一文中提出，现代（近代）科学产生的必要条件是：①社会上要有大批有职业收入的、受过研究训练的教授；②要有科学研究和交流辩论的场所；③要有非功利目的的思想潮流；④要有科学共同体组织学术交流；⑤要有政府的经费支持。这五个必要的研究条件，牛顿当时都得到了（获得数据的第谷天文台是丹麦国王支持的）。这五个科学发展的必要条件在欧洲逐步实现，以至于科学研究在17世纪的欧洲已逐渐成为风尚。哲学逐渐从神学分离，与法律、神学、医学并驾齐驱。天文学、物理学等作为哲学的小而独特的视角，逐渐出现在意大利的大学。大约从1645年开始，一批活跃的学者开始在英国伦敦不定期聚会，讨论实验和哲学问题。他们当时讨论的问题涉及医学、解剖学、几何学、天文学、航海、静力学、机械学和自然实验。他们还论了血液循环、彗星和新星的本质、木星的卫星、土星的椭圆光环，以及一些技术层面的问题，例如望远镜、气压计、温度计的改进，玻璃镜片的磨制等。当新的观测结果突破旧的自然观念时，科学革命的时机就到来了。开普勒研究了第谷的天体观测数据，得出了开普勒三大定律，突破了笛卡儿的以太漩涡说，最终导致了牛顿经典力学革命的发生；普利斯特列在加热水银灰的时候发现了氧气，推翻了燃素学说，最终导致了拉瓦锡的化学革命。

我们看到，这样一个导致现代科学革命发生的巨大成果，在当时没有明显的社会应用，而且只在英国得到承认，得不到法国学术界的承认。牛顿做研究的动力是非功利的，是想要理解我们在宇宙中看到的一切秩序和美从何而来。牛顿不可能知道，他的研究在《原理》出版150年后被英国军队用于战争和杀戮。我们可以判断，牛顿做研究的目的不是为了提高“杀人技艺”。现代科学革命的发生不是为了促进火炮和战争。牛顿力学的广泛应用，是在《原理》出版一两个世纪以后的事了。牛顿在当时就指出对炮弹轨迹的精确描述是不可能的。要想提高火炮的射程和精度，要牵扯到多方面的条件，不是用牛顿经典力学单独能解决的。这是一个技术问题。通常技术的进步和技术的创新是建立在综合已知的多项科学成果之上的。想用对技术创新的要求，促进纯科学研究的创新，是非常困难的。因为人们事先不知道哪些未知的科学突破是需要的。人们不可能计划未知的东西。纯科学研究应当在大学中结合学生学习科学知识进行，而技术和工程的研究可结合大型工程应用项目进行。

2022年5月13日发表于“科学的历程”公众号

参考文献

[1] 文一.科学革命的密码：枪炮、战争与西方崛起之谜[M].上海：东方出版中心有限公司，2021.

[2] 张维为.《这就是中国》第132期：科学革命的密码[EB/OL].(2022-02-13).ht-

tps://baijiahao.baidu.com/s?id=1724606935107208130&wfr=spider&for=pc.

[3] 汪涛.对科学革命全新视角的解析:读文一教授《科学革命的密码》有感[EB/OL].(2021-12-11).https://mp.weixin.qq.com/s/L1EfLOJBNaOriCa2o5JcFQ.

[4] 牛顿.自然哲学之数学原理[M].王克迪,译.北京:北京大学出版社,2020.

[5] 科恩.牛顿经典力学革命[M].刘兵,颜锋,译.南昌:江西教育出版社,1999.

[6] 亚历山大·柯瓦雷.牛顿研究[M].张卜天,译.北京:商务印书馆,2016.

[7] 尹晓冬.16—17世纪西方火器技术向中国的转移[M].济南:山东教育出版社,2014.

[8] 伯特兰·罗素.中国问题[M].田瑞雪,译.北京:中国画报出版社,2019.

[9] 涂传诒.大学、基督教和现代科学:回答李约瑟之问[EB/OL].(2019-10-24).https://mp.weixin.qq.com/s/DgkhiEYXw2xYbki87YRkRw.

[10] 涂传诒.评《中国科学报》文章《中科院解决卡脖子问题靠不靠谱?》[EB/OL].(2020-10-07).https://mp.weixin.qq.com/s/eZYACoLYJ0JAHkUuLukCSQ.

[11] 涂传诒.纯基础研究的目的、经费来源和组织实施[J].科技导报,2019,37(12):1.

[12] 涂传诒.涂传诒院士:发展我国基础科学研究的对策建议[EB/OL].(2016-05-10).https://mp.weixin.qq.com/s/J9AbM_90Z2-vC8v5HU_qeA.

后继:评文一教授的回复

伽利略是牛顿经典力学革命之父吗?

——评文一教授的回复

文一教授发表答复文章《炮弹与伽利略牛顿力学革命——答复涂传诒院士》指出:“涂传诒院士回避炮弹力学对伽利略这个经典力学之父的深远影响,这是他对拙著《科学革命的密码》最大的误会。”该文还指出："涂院士的两篇文章，这一篇和《涂传诒再论牛顿经典力学革命不是火药军备直接导致的，回复汪涛的商榷》，都故意回避伽利略，回避炮弹力学对于伽利略这个经典力学革命之父的深远影响，回避伽利略是牛顿三大定律的来源，是对物理学史和《密码》一书的误读与曲解。"该文指出，正因为牛顿三大定律和万有引力定律是建立在伽利略的惯性原理、运动相对性原理、自由落体的匀加速原理等一系列革命性突破之上，所以才有了《密码》中的论述。

文一教授在回复中仍然没有给出牛顿经典力学革命是火药军备竞赛直接推动的证据。但是，文一教授承认："《密码》一书中的重点是建立伽利略与火炮的直接关系，而不是牛顿与火炮的直接关系，更不是牛顿与火药的直接关系。"看来，我关于《密码》提出的"火药导致牛顿经典力学革命的说法，不是历史事实"的论断是正确的。可是，文一教授以为，与火炮有直接关系的伽利略是经典力学革命之父，是牛顿三大定律的来源。文一教授认为牛顿三大定律和万有引力定律是建立在伽利略的惯性原理、运动相对性原理、自由落体的匀加速原理等一系列革命性突破之上的。这就是说，虽然牛顿本人与火炮和火药没有直接关系，但是牛顿经典力学革命的基础通过伽利略这个媒介与火药和火炮有直接关系。显然，文一教授这一结论是错误的。因为，伽利略的惯性原理、运动相对性原理、自由落体的匀加速原理不是牛顿三大定律的来源。而且，也没有证据表明伽利略发展运动学是火炮战争直接推动的。我们下面从 3 个方面来分析。

第一，伽利略的贡献是建立新运动学，特别是伽利略的速度坐标变换，以及对于抛物线运动的描述。而牛顿第一次研究了自然之力，而不是人手之力。牛顿的力学体系是建立在描述天体运动基础上的，解释开普勒定律，与伽利略的运动学没有直接联系。

第二，伽利略的惯性原理是伽利略在 1632 年出版的《关于托勒密和哥白尼两大世界体系的对话》一书中发表的,它是作为捍卫日心说的基本论点而提出来的。该惯性概念是圆弧惯性或者说水平惯性的,实际上是描述沿着围绕地球的圆弧(水平线),行星运动速度是不变的。这不过是匀速圆周运动。与牛顿在《原理》一书中提出的惯性定律不一样。惯性定律的表述是:每个物体都保持其静止,或匀速直线运动的状态,除非有外力作用于它改变那个状态。按照牛顿惯性定律的理解,伽利略的惯性原理是错误的,需要向心力来维持圆周运动。

第三,伽利略研究的自由落体的匀加速原理、抛物线运动等都属于运动学。伽利略没有提出力的概念,牛顿第二定律和万有引力定律才解释了这些现象。

由上述 3 个方面的理由,我们看到,伽利略的贡献是在速度测量基础上建立新运动学。但是,伽利略没有提出力的概念,对于经典力学没有贡献。牛顿没有说他提出的三大力学定律源于伽利略的运动学,也没有别人的相关论证。

柯瓦雷的《伽利略研究》(刘胜利译,北京大学出版社,2008 年出版)第 239 页指出,伽利略的物理学是一种关于重物的物理学,或一种关于落体的物理学。第 83 页指出,在 1604 年,伽利略提出了经典物理学的第一个定律——落体定律。第 5 页指出,牛顿物理学才以力的概念为基础,而笛卡儿或伽利略的物理学则试图避开力的观念。经典物理学当然是一种动力学,然而,它在诞生之初却是以一种运动学的面貌出现的。看来,文一教授的回复混淆了伽利略的运动学与牛顿的力学。

文一教授在回复中提到了所谓牛顿设计的山顶炮弹发射思想实验(摘自文一《密码》第 374 页),认为这是"基于火药的军备竞赛直接导致了牛顿经典力学革命"的证据。实际上,《原理》第三版定义 5(第 5 页)后面的文字详细地说明了这一思想实验的用意,即"抛射物在引力作用下,可以沿环绕整个地球的轨道运动”。《原理》确实提道:“如果用火药力从山顶上发射铅弹,给定其速度,方向与地面平行。……通过增大发射速度,即可随意增大它的抛射距离,……甚至在落地之前环绕地球1周。”“月球也是被吸引的,……如果没有这样的力,月球将不能保持在其轨道上。”《原理》的这些文字,说明这山顶炮弹发射的构想是想说明月球受到向心力的作用,用以呼应第三篇中对月球受到引力的计算。牛顿的山顶炮弹发射的构想与火药的军备竞赛没有任何关系,也没有讨论任何火炮装火药后的发射过程,实际讨论的是一个在地球引力作用下假定不同初速度的高山抛物的假想运动。最重要的是,这里初速度是假设的,不是火炮装火药后发射产生的,与火药没有任何关系。文一教授说这幅图证明了“炮弹弹道学与牛顿天体力学之间的关系”,这说法是错误的,因为这就是一个简单的抛物运动,初速度是假设的,与火药无关。

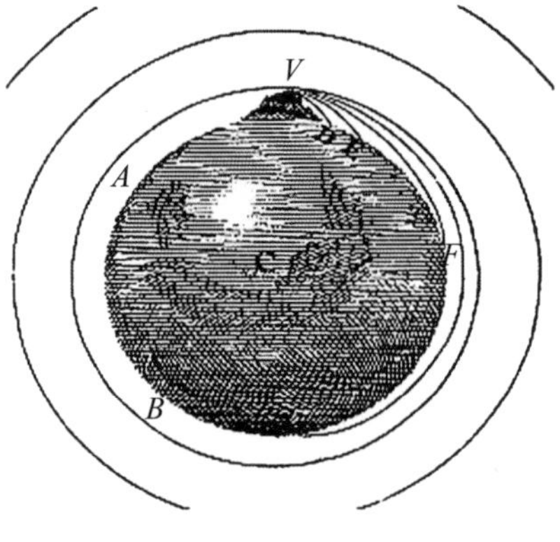

牛顿关于在地球引力作用下假定不同初速度的高山抛物的假想运动

在牛顿《原理》中,提到的伽利略的贡献就是伽利略变换,与火药无关。牛顿没有说伽利略才是牛顿三大定律的来源,文一教授的回复没有给出这句话的直接证据,仍然没有给出牛顿经典力学革命是直接受火药军备竞赛推动的证据。

《密码》作者的回复提出质疑,《密码》全书 500 页,为什么质疑的文章只讨论了书中关于"牛顿经典力学革命是火药军备竞赛直接推动的"这句话。下面我们回答这一问题。这是因为,这一结论在《密码》中是用黑体字印出的,是对全书有重要影响的具有关键性质的结论。牛顿建立的经典力学为科学革命提供了公认的范式。当人们发现没有证据支持"牛顿经典力学革命是火药军备竞赛直接推动的"论点时,就导致人们质疑《密码》一书关于火药军备竞赛直接推动现代科学产生的说法。其实电动力学、热力学和量子力学等基础学科的初期发展都与火药军备竞赛没有直接联系。虽然热力学的初期发展是在蒸汽机商业应用之后,但是也与火药军备没有直接联系。

我们质疑的《密码》书中黑体字的后半句是关于拉瓦锡化学革命的爆发。拉瓦锡化学革命的里程碑式的贡献是,其提出空气不是一种独立的元素,而是一种混合物,主要由氧气和氮气构成。所有燃烧,都是被燃物质与氧的结合,被燃物的重量之所以会增加,是因为在燃烧过程中吸收了氧。从古希腊开始,人们就认定空气是单一成分的物质,燃烧是燃素在起作用。导致这一概念突破的重要实验发现是,金属煅烧后重量增加了,普利斯特列在加热水银灰的时候收集到了一种具有助燃作用的气体,这被认为是发现了氧气。这些实验的发现显然与火药和战争无关。当新的观测数据与社会普遍接受的陈旧概念矛盾时,科学革命就会发生。

在 1783 年,拉瓦锡正式发出了推翻燃素学说的宣言。他指出燃素这一术语没有严格的定义。为了解释实验现象,燃素的定义时时刻刻都在变化。它有时有重量,有时没有重量;它可以同时解释为透明和不透明、有色和无色。拉瓦锡推翻了燃素说,树立了他提出的氧化学说,奠定了现代化学的基础。这一化学革命,不是火药、枪炮、热兵器战争直接推动的，也与拉瓦锡对于硝石和火药的研究没有直接联系。实际上，仅靠拉瓦锡的金属煅烧的氧化学说不能解释火药爆炸的现象，后者是很复杂的，需要多方面的理论综合解释，至少需要气体动力学解释爆炸激波，和热力学解释短时间内大量热的生成。

拉瓦锡大学本科是学法律的。1764 年他获得了律师资格，同年成为巴黎律师协会的正式会员，拉瓦锡的行业前景是非常光明的。但是他更加热爱科学研究。拉瓦锡在一个手稿中写道："这门科学（化学）还是由绝对不协调的思想以及未被证实的假说所组成的。基于这一点，我意识到我必须再一次从头开始研究化学了。"这清楚地说明了拉瓦锡的动力。牛顿推翻了以太漩涡说，建立了经典力学，拉瓦锡推翻了燃素论，建立了现代化学，都不是火药战争直接推动的。《密码》一书认为火药战争导致现代科学革命的论点缺乏事实依据。

2022 年 3 月 1 日

参考文献

[1] 文一. 炮弹与"伽利略－牛顿"力学革命[EB/OL]. (2022-06-15). https://mp.weixin.qq.com/s/AHT2K_HWbJW6rV7m_CUMLg.

[2] 冯翔，彭江洋. 判决性实验：拉瓦锡化学革命研究[M]. 北京：科学出版社，2015.

[3] 柯瓦雷. 伽利略研究[M]. 刘胜利，译. 北京：北京大学出版社，2008.

发展我国基础科学研究的对策建议

编者按:本文根据作者在北京大学于 2016 年 4 月 13 日应科技部领导要求召开的中国基础研究的发展对策座谈会上的发言整理,经过作者审阅。

要点:基础科学包括自然科学、数学和逻辑学等,科研项目由高等学校的教师自由申请,国家自然科学基金委员会(以下简称自然科学基金委)择优支持,旨在推动基础科学的学科发展,成果由学术共同体评价;应用基础科学项目定义为有具体应用前景的研究项目,由国家各应用部门根据需要决定是否支持,大型研究项目由专职科研部门进行,高等学校可参加一般项目的研究,成果由第三方应用部门评价。

高等学校教师要既做教学又做科研,因此科研团队中需要聘请专职的研究员、工程师、实验员。由于聘用的专职成员不做教学工作,不能用教育经费给他们发工资。他们的工资和社保,以及教师用于科研的时间对应的工资,都应由科研经费支出。做到互不侵占经费,科研教学相互促进,形成良性循环。

一、关于我国基础研究的投入机制

基础科研与应用基础科研的投入机制应该不同。科学发展是社会发展的有机组成部分。如果没有高科技的支持，科学不能发展，没有社会发展的环境，科学不能应用。从整体来看，科学的发展是社会发展的需要，是社会发展的结果，在这种情况下，科学的发展又会促进社会发展。但是，具体的科研项目成果，要通过促进技术发展和开发应用才能促进社会发展。科学、技术和应用是有联系的，但又是完全不同的概念。自然科学的发现是观测到或分离出单一的自然现象或过程。成果需公开发表，由学术共同体评价。新技术的发展通常是由多个科学研究成果导致的技术的突破，通常是企业乃至国家的机密。新技术的应用则通常由市场的需求决定。科学家需要清醒认识到，新技术开发和市场运作是他们不熟悉的而且是比科学研究更加复杂的事情。在目前市场经济全球化的条件下，科学对技术和经济的促进过程不一定是在同一国家内进行的。例如对疟疾有特殊疗效的青蒿素是在中国被发现的，屠呦呦因此获得2015年度的诺贝尔生理学或医学奖，可是复方青蒿素药品的专利是瑞士公司的，在市场上卖的药品中，印度公司开发的仿制药占了很大的份额，该药品治疗的疟疾患者生活在非洲。

鉴于上述对基础研究与国家经济社会发展的关系的理解，我建议要明确区分基础研究和应用基础研究，对两者的投入机制和回报预期要“遵”不同原则。约翰·卡悌(John J. Carty)约100年前的演讲对纯科学研究给了明确的定义，“工业研究总是以某种具体应用为目的，纯粹科学研究则出于哲学的目的，即发现真理，拓展人类知识的疆界”，“纯粹科学研究不能直接通过其发现获得的金钱回报而自我维持”，

“工业研究如果不能够充分地做到自给自足，那将是失败的”。（这里的纯粹科学研究是我们通常说的基础研究，工业研究相当于我们通常说的应用基础研究。）

基础科学研究可定义为对自然科学和数学等使人类增加科学知识的项目的研究，主要产出形式是在科学刊物上发表的文章，在学术会议上做的科学报告。基础科学研究主要在大学中由教授和学生结合教育进行的。为什么基础研究应该在大学进行，约翰·卡悌约 100 年前的演讲解释得十分精辟：“纯科学和纯科学研究，其天然的家园应该在大学。大学的一个崇高功能是推动科学进步，检验新的科学发现，在真正的纯科学发现上盖上他们真理的印章。只有这样，他们才能确定什么能作为科学真理被传授，学生们因信赖大学的权威而来到大学接受知识，他们相信大学教授的知识。”他还强调，准备进入工业界的学生，在大学的纯科学研究中也能学到有用的方法和培养科学研究的素质。

大学教师根据自己的兴趣和愿望提出课题，由自然科学基金委以及国家相关部门的基金会择优支持。基础研究项目的回报预期是为人类增加知识，促进学科的发展，为学生提供科学实践和发挥创造力的条件，为技术部门提供国际水平的技术经验。不要求基础科学研究项目成果与国家经济社会发展有直接联系。由于基础科学研究是探索人类未知的领域，国家很难对未知的事情设定具体目标和做出具体规划。国家的投入强度可按国家所处的国际地位确定，争取每年有所增加，以确保国家对世界科学发展做出应有的贡献。对于基础科学研究中需巨额资金支持的重大科学装置和重大探测项目，可通过参加或组织国际合作的方式给予支持。

以往我国应用基础研究中的一些项目没有得到实际应用。中国举国体制支持了多项高科技项目，但是其应用情况不是很乐观。例如，中国多颗遥感卫星没能帮助汶川地震救灾，以至于某参加遥感科研的中国科学院院士在互联网上发表“遥感道歉”的文章。相对于使用中国资源卫星和气象卫星的数据来说，气象预报技术人员似乎更乐意用网上已公布的欧美卫星的数据。甘肃舟曲特大山洪泥石流导致约2000人遇难。其实中国科学院早就出版过《中国泥石流分布及其灾害危险区划图》和《中国滑坡灾害分布图》，指出舟曲为一级危险区，这些科研成果还得了中国科学院科技成果进步奖，但这些成果没有阻止舟曲的约2000人遇难。这是因为我国西部山区财政困难，舟曲虽然是一级危险区域，因为缺乏资金，原山峪里设置的泥石流监测点早在灾害发生的10多年前就被撤销了。

鉴于以往的这些问题，我建议应用基础研究项目应以开发社会经济的实际应用为终极目的。应用基础研究项目包括为发展各类工程技术和服务项目需要而研究的课题。国家应用部门负责提出课题，出全部或部分资金支持，科技部也可以出一部分资金。国家应用部门负责验收成果，列入应用推广计划，包括相应的资金和人员安排。应用基础研究经费和推广应用经费应包含在相关应用部门的发展规划之中，争取做到应用基础研究自给自足。对于应用基础研究的项目，要论证其确实有应用的可能性和必要性，还要保证应用部门有愿望和能力支持可能的应用。不能做剃头挑子一头热的事（研究热，应用冷）。大型应用基础研究项目可主要在科研所进行，一般项目也可在大学进行。

二、关于我国基础研究的管理模式

目前大学中的科研团队是由相近学科的教授、副教授和讲师，以及博士生和博士后组成的。教师的第一要务是教学。教师完成了教学任务就完成了其主要职责。在科研方面，教师大多从事与自己教学方向有联系的科学研究项目，通常把分散做的课题成果和发表的文章收集在一起，加以形式上的概括，就认为是“重大成果”了。显然，这种用“业余”时间以“各自为战”的方式做科研的教师组成的“团队”，很难形成有内在联系的研究力量去从事重大课题的研究。而且，现代科学研究是建立在现代技术基础上的，科学研究的创新依赖于新概念实验仪器的研制和高端实验仪器能力的创新发挥。这些工作需要的专门技术通常不是教师的专长。由于科研经费侵占教育经费，导致学校接受的科研任务越多，教学经费就越紧张，教授用在教学上的时间就越少，教学质量就越差。为解决这一问题，科研团队需要聘用高水平的工程技术人员，包括高级工程师、高级实验员，他们要集中时间专职做科研，不安排教学任务，其工资应由科研经费支付。欧美科学研究实验室人员中，通常有60%以上的人员是工程师，教授占比不很多。我们想要做出与他们相当水平的科学成果，需要提高科研团队中工程师对教授人数的比例。因为只有这样，才有可能研制新的科学仪器和创新实验方法，实现重大科学发现和突破。

可是，我国大学财务部门没有合法渠道为这些专职的（没有教学任务的）工程技术人员付工资。因为学校得到的能发工资的经费都属于教育经费（生均财政拨款和211工程拨款、985工程拨款等），不适合用来为专职的科研人员发工资。这些人员的工资应该由他们服务的特定的科研项目经费列支。可是学校得到的科研经费，例如基本科研业务费和科研项目费，都不允许用来支付专职科研人员的工资、津贴和福利。虽然在自然科学基金支持的科研课题经费的直接费用中可列支劳务费，但劳务费不包括工资、津贴、福利等开支。“劳务费是指在项目研究开发过程中支付给项目组成员中没有工资性收入的相关人员（如在校研究生）和项目组临时聘用人员等的劳务性费用。”[见《公益性行业科研专项经费管理试行办法》（财教〔2006〕）]《国家自然科学基金项目资助经费管理办法》则规定,“劳务费是指用于直接参加项目研究的研究生、博士后人员的劳务费用”。目前自然科学基金委了解上述情况,也在争取改革,但是只争取到一小步变化,就是劳务费占总资助的份额由以前的15%改为上不封顶。但是,劳务费的使用限制规定没有改变,仍然不能用来支付科研团队中的专职工程师的工资。原创性的科研成果是花钱买不来的,那是科学家和其团队创造出来的。基础科学研究的经费中,最重要的应该是人员费,应该占资助的60%～70%,其余支持仪器研发。以这些人员费用来支付在大学中建立教授领导的科研团队的人员工资。

建议国家有关部门(主要是科技、教育和财务部门)发文明确科研经费(劳务费)能用来支持团队工程技术人员的工资、津贴和福利,使高校教师可在科研项目直接经费栏目中列支人员费(包括工资、津贴和福利),用以聘任以完成该科研项目为职责的专职或兼职科技人员。高校应设立专职科技人员系列岗位,其工资、津贴和福利由他们服务的科研项目经费或者科研事业费列支。采用合同制,但可以无限期延续聘用。工程、实验、技术系列人员不承担教学任务也不需要发表学术论文。教师做教学的时间由教学经费(生均财政拨款和其他专项教育经费)支持相应工资,教师做科研的时间应由科研经费(自然科学基金和横向经费)支持相应工资。教学经费支持教学时间,科研经费支持科研时间,互不侵占,良性循环。

这项“用科研经费列支科研团队中工程、实验、技术系列人员工资津贴,以任务为牵引聘用专职科技人员”的改革,将推进高校建立起更加科学合理的教学和科研队伍,提升高校的科技创新能力,同时将大大提高科研经费的利用效率。国际经验表明,人员费是基础科学研究经费支出的主要部分。(更详尽的讨论可参考涂传诒 2013 年的文章《建议科研经费支持高校科研岗位,促进高校释放科技创新潜力》)

三、关于我国基础研究的评价体系

目前，我们没有明确的评价标准来评价那些所谓有应用前景的基础性研究项目。许多号称能解决国家中长期发展中面临的重大关键问题的应用基础性研究项目，得到了巨额经费支持，但是没有取得国际科学前沿原始性创新成果，也没有实际上提高我国解决国家经济与社会发展中的重大问题的能力。科学家很难评价一个没有实际应用业绩，也没有明显创新成果，但是声明有应用前景的项目。这“应用前景”常常是虚幻的，不是评审专家能够真正了解的。实际上，要求科学研究的具体项目既要有科学创新，又要有经济效益是很难实现的。鉴于上述应用基础科研的评价问题，我建议在评价体系上，区分基础科学研究与应用基础科学研究。基础科学成果由学术共同体评价，看其对学科发展的意义；而应用基础研究成果由第三方应用部门根据实际应用情况评价。下面详细讨论基础科研成果的评价体系。

目前我国基础研究的评价体系是小同行函评，大同行会评。这个程序似乎没有问题，但执行过程中的问题是国内的小同行人数太少，不能给出明确的评价，而大同行又不懂，于是就用在顶级学术刊物发表的论文篇数作为评价标准。可是近年来，国际刊物发表的质量不高的文章时有出现，单靠顶级刊物发表的论文数目来评价，会产生偏差。解决办法是，自然科学基金委对同一重要基础研究方向，可重点支持两三个团队，增加小同行体量。他们相互竞争、相互合作，有了显著成果，也容易形成共识，给出实质性的评价。

评价的另一个问题是，我们的一些成果创新性不突出，不容易评价。解决方案是，延长评价周期，比如 5 年或更长时间评 1 次。

再有一个问题是，目前被评价的项目组托人向评审专家打招呼。

这一现象十分普遍,已经是无处不在了,干扰了专家客观评价。解决方案是邀请国际专家做评审顾问。评价机构人员一定要参加有关重要国际会议,了解相关学科的前沿以及我国的研究成果所处的地位,还要与国际重要相关评审机构建立实质的联系。

2016 年 4 月 13 日发表于"知识分子"公众号

纯基础研究的目的、经费来源和组织实施

一、什么是纯基础研究

纯基础研究的目的是开拓人类的知识，认识人类自己的长远物质自然环境，而不是当前的应用。纯基础研究的动力是对探索自然现象的兴趣。纯基础研究的成果需要在学术刊物上发表，或者在学术会议上报告，接受学术共同体的检验，并促进学科发展。通常纯基础研究成果当时不能显现实际应用意义。在若干年之后，基础研究成果转化为应用技术时，它才有实际的意义。这一转化，通常是建立在综合多项基础研究成果和多项技术的综合应用基础之上的。对于这样转化的新技术制造出来的产品，需要价格适当，在商品市场上有竞争力。当时能看出来“有实际意义的基础研究”应该是接近应用技术基础的研究，其研究的目的就是支持技术开发进而满足市场的需求。

二、纯基础研究的经费来源

纯基础研究需要由国家自然科学基金支持。国家对基础科研的

支持的力度能适应国家的国际地位就行，不需要负担太重。由于基础研究是探索未知的东西，具体项目能否出成果，有很大的不确定性。基金委应以支持小团队为主，不宜把有限经费陷在少数特大团队中。特大观测项目可通过国际合作实施，观测数据公开。有明显实际意义的应用技术基础研究应由相关应用部门提供经费支持。

三、纯基础研究如何组织

基础研究主要在高校中进行。高校是传授知识的地方，而基础研究的目的是开发知识，两者可以很好地结合。学生在教授的研究组中接受教育，参与研究，教授有教学任务，学生能获得较好的学习机会。但是由于学生存在流动性，以及研究能力还不强，而且仅由教授与学生组成的团队不能保证研究的条件、时间和连续性。所以，研究组里还需要聘请中高级研究员和工程师。因此教授的科研经费应该允许支付该类人员的工资。一般来说教师用在教学上的时间的工资应由生均财政拨款和双一流经费支付，教师用在科研上的时间的工资应由科研经费支付。聘请的专职科研人员的工资应全部由科研经费支付。学校应区分科研经费和教学经费的使用，避免科研挤占教育经费。目前自然科学基金的使用规则不适应这个情况，需要改革。有明显实际意义的应用技术基础研究，可在应用部门的研究所内进行，以便更好地与应用结合。

2019 年 6 月 30 日发表于《科技导报》

对基础科学投入的安排不是一种产业政策

北京大学经济学教授林毅夫先生最近说，各国政府对基础科学的投入安排是一种产业政策。他说："由于发达国家可以用来支持基础科学研究的经费并非无限的，因此，它们也和发展中国家一样必须根据可能的回报来配置有限的科研资源，这种配置也就是一种产业政策。"

这一说法是错误的。对基础科学研究投入的安排与产业无关，因而不是产业政策。虽然现代产业建立在人类科学知识的基础之上，但是具体基础科学研究项目的突破与产业升级没有直接关系。人们可以为了具体的应用目的，综合已有的科学知识，改进已有的应用技术，发明适合该应用目的的办法。但是，人们不可能做出能解决该应用问题的基础科学的发现，或纯科学的突破，因为基础科学的发现和纯科学的突破都是事先未知的，人们不可能有目的地去完成一个未知的任务。

下面分 4 个方面来分析。

第一，基础科学的单项成果通常没有直接应用价值，不能直接促进产业发展。有些基础科学成果长期没有实际应用价值，例如天体物理中的宇宙大爆炸理论。有些科学成果，在综合多项基础科学研究成果的基础上，可能会发展出新技术。但是新技术要能有产业应用，还需要考虑其成本，与其他原理的技术竞争等。所以，基础科学的成果要过很多年后才有可能推动技术创新和新产业发展。即使将来有应用，也不一定是在做出该成果的国家。例如，我国目前唯一的科学诺贝尔奖获得者屠呦呦带领团队在中国发现了对疟疾有疗效的青蒿素，而青蒿素实际应用于疟疾却是在多年后，而且是在非洲。人们通常当时不知道某项基础科学的成果将来是否有产业应用价值，什么时候才会有产业应用价值，在哪里能体现出其产业应用价值。显然，对基础科学的支持不是某一国家政府的产业政策。

第二，基础科学研究支持新一轮的技术创新和新产业发展不可能立竿见影。实际上，基础科学在什么项目上得到突破、在什么时间突破、以什么方式突破都是不可预计的。林毅夫先生说："我国自然也必须采取同样的方式来支持领先型产业的新技术和新产品开发所需的基础科学研究。"这句话是不可能马上实现的。因为没有人能事先知道产业发展所需的基础科学研究是什么，也没有人能事先知道这样可以"支持"出什么样的基础科学研究成果，更没有人能事先知道可能的基础研究结果与领先型产业的新技术和新产品开发有什么关系。如果这是林先生所说的政府的"一项产业政策"，那么这也是一项极端不负责任的、没有确定可行性的产业政策。如果我们饿了，可以包饺子吃。但是，没有面粉怎么办？这时若是准备种麦子，那就来不及了，结果一定是还没等到播种，我们就饿死了。林毅夫先生提出为领先型产业的新技术和新产品开发而支持所需的基础科学研究，相当于是等到要包饺子了，才去种麦子。不知林毅夫先生准备等多少年？

第三，基础科学投入按学科分配，与领先型产业无直接关系。对基础科学科研资源进行分配的机构是自然科学基金会，其资金主要是按学科分配的。项目资助分为数学物理科学部、化学科学部、生命科学部、地球科学部、工程与材料科学部、信息科学部、管理科学部、医学科学部等。每个学部,又按二级学科细分为多个组。这些部门与林毅夫先生所说的领先型产业,如白色家电、高铁、造船等,没有直接联系。产业的发展需要综合各学科的技术创新,而不是基于单一项目的突破。基础科学的回报是科学知识,与产业发展无直接关系。基础科学研究的“回报”是发现新的现象、提出新的概念、突破学科难点、促进学科发展、丰富人类的科学知识,而不是直接促进某个产业发展。基础科学研究项目的资助原则在于项目可能对学科发展有重要贡献,而不是考虑其对某产业直接贡献的可能性。例如石墨烯的发现是基础科学的重要事件,获得了诺贝尔奖。该项突破可以提高充放电速率,但是如果应用到电池中,还要考虑到正极材料、电解质等多种因素,不能说对石墨烯的科学研究的资助是一种产业政策。

第四,基础科学的成果属于全人类,与某国的产业发展无直接关系。林毅夫先生说:“基础科学研究不仅投入大、风险高,而且其产品是论文,属于社会公共知识。”这个论断是完全正确的。但是,林先生把某国政府对某基础科学研究的支持看作是该国政府的一个产业政策,就是错误的了。例如,林先生说:“随着一个国家的发展,技术和产业会越来越接近国际的前沿,技术创新和产业的升级需要与这些新技术和新产业相关的基础科学的突破。”事实上,基础科学的发展和突破有学科发展的内在因素。用罗伯特·金·默顿的话说就是,“无论从科学家的动机还是从历史发展的角度来看,都很难将科学简单地视作技术或经济的结果”。其实,某一个国家(特别是发展中国家)的技术创新和产业升级,并不需要那个国家做基础科学研究。因为基础科学研究的成果是公开发表的文章,没有国界。即使是专利,也可以买。某国基础科学项目的投入与该国的技术创新和产业升级没有直接关系。政府以发展技术创新和产业升级为目的，去支持相关基础科学突破的做法，是有问题的。如果不能突破怎么办？

100年以前，美国贝尔实验室创始人、美国电话电报公司首席工程师暨副总裁约翰·卡悌，在纽约举行的第33届美国电气工程师协会年会上发表的《纯科学与工业研究的关系》的主题演讲，把基础科学研究与产业发展之间的关系讲得非常透彻。卡悌说，纯粹科学研究的目的是发现真理，拓展人类知识的疆界，没有任何功利性。美国是把政府支持的科学研究放在大学中进行的，把传授知识与开发知识结合起来。所以基础科学研究与产业无关，对基础科学研究的投入不是一种产业政策。他甚至认为，纯科学研究不创造利润，因而需要社会投入；而工业研究的目的是创造利润，因而不需要社会投入。

显然，无论对哪国政府来说，支持基础科学研究都是为了增加人类的科学知识，促进人类社会的发展，而不是为了直接促进某个国家的产业发展。中国自然科学基金会的职能包括支持基础研究，坚持自由探索，发挥导向作用，发现和培养科学技术人才，促进科学技术进步和经济社会协调发展。显然国家支持基础科学研究有着更深远的意义，不是一种产业政策。

2016年9月26日

参考文献

[1] 罗伯特·金·默顿. 十七世纪英格兰的科学、技术与社会[M]. 范岱年，吴忠，蒋效东，译. 北京：商务印书馆，2000.

[2] Carty, J. J. The relation of pure science to industrial research[J]. Transactions of the American Institute of Electrical Engineers, 1916, XXXV(1):479－488.

科学发展是社会发展的有机组成部分

2010年中国科学家讨论了中国科学发展的问题。在这次讨论中，我提出中国自然科学研究的水平受到中国社会总体发展水平的限制，与社会发展水平脱离的科学研究对推进社会发展没有用处。

(1)中国技术落后，与科学研究和社会发展不匹配。中国科学发展没有有效促进中国技术的发展，例如生化科研没有促新药产生。这是由于科学发展追求世界先进，而中国企业自有技术目前客观上普遍落后。中国自主发展的技术很难与世界先进技术竞争。中国科研、生产和服务部门都愿意买进口仪器和设备，这带来了“两头在外”(科学仪器、材料、试剂和关键部件的生产在国外，科研成果发表与评价在外)的科研模式。加大科研投入、引进千人都很难改变“两头在外”的模式，后者更是把“两头在外”变成“三头在外”。

(2)欧美高技术禁运限制中国科学研究的条件。不受高技术禁运限制的、技术落后的国家的科学家个体与欧美科学家个体有相同的条件购买高技术设备，有可能做出出色的成果，有可能碰上一两个诺贝尔奖。而中国“两头在外”的科学研究模式受高技术禁运的影响，使得科学家小组能使用的仪器和做好实验的水平受到禁运条款规定的可购买的科学仪器、材料、试剂和关键部件水平的限制。显然，与仪器和资料有关的创新想法很难用这种“两头在外”的研究模式实现。这可能是通常所说的“缺乏创新精神”的主要原因。有创新精神，没有创新条件，那创新精神也坚持不下去。

(3) 现有科学评价机制很难客观评价中国自然科学研究成果。科学成果的意义要靠学术共同体评价，应用价值要看市场运行和专利应用。由于许多科学的学术共同体主要部分在国外，国内小同行人数太少，无法在国内形成客观的评价。又由于许多成果号称有潜在应用价值，而无实际应用业绩，也无法客观评价。这可能是通常所说的“中国学术界缺乏严谨态度”的原因。不是学术界缺乏严谨态度，而是中国小同行人数太少，无法形成能客观评价的学术界。

(4) 目前缺少明确的评价标准来评价那些所谓有应用前景的基础性研究项目。许多号称能解决国家中长期发展中面临的重大关键问题的基础性研究项目，得到了巨大的经费支持，但没有取得国际科学前沿原始性创新成果，也没实际提高我国解决国家经济与社会发展中的重大问题的能力。科学研究要创新，解决国家经济与社会发展中的问题要考虑经济效益。一个具体科研项目通常客观上不能满足这两个方面不同性质的要求。这些巨型项目本身评价标准不明确是产生这一现象的重要原因。例如有人说某一项目没有应用前景，但又有人说有学科价值；如果说这一项目在学科上没有创新，项目团队又说其与应用有联系。

中国自然科学研究长远的解决方案是，优先发展和引进先进技术，通过技术发展带动科学发展。尽管中国每年产出 10 多万篇 SCI 文章，中国科学研究质量的提高仍需要很长时间。总体科研质量通常与中国的社会发展水平和人均 GDP 相关联。可能的规律是，不同国家的产出的 SCI 文章的总篇数与 GDP 总量成正比，而 SCI 文章的质量与人口平均GDP数值成正比。如果没有高技术的支持，科学不能发展；如果没有社会发展的环境，科学不能应用。科学发展是社会发展的有机组成部分，与社会发展水平脱离的科学发展，例如世界先进水平的科学研究，对促进发展中国家社会发展没有用处。

2010年12月12日

建议科研经费支持高校科研岗位，促进高校释放科技创新潜力

摘要　本文分析了目前限制中国高校科技发展的瓶颈，并提出了改革建议。目前中国高校的科研团队主要由教授和研究生组成，他们的首要任务分别是教书和学习。对于科学研究，他们通常选择内容与教授所授课程接近并且在学生学习期间能够完成的课题。由于在教书和学习之外能够用于科学研究的时间有限，教授和研究生组成的团队通常不适合管理高端实验室和参加研制硬件设备。科研团队组成的不合理成为高校限制科技发展的瓶颈。为了提高高校科研能力和创新水平，需要组建由教师、研究生和以科技项目为首要职责的专职科研、实验、工程技术人员共同组成的科研团队。然而，目前高校得到的教育经费（生均财政定额拨款、211 工程拨款和 985 工程拨款）和国家科技项目经费，都不适合或者不允许用于支付以完成具体项目为首要职责的专职科技人员的工资、津贴和福利。为突破这一瓶颈，本文建议改革高校科技项目经费的使用规章，允许高校在国家科研项目费中列支人员费，用于支付以承担该项目为首要职责的专家的工资、津贴和福利。该项改革，将理顺高校教学与科研的关系，建立高校科研

支撑体系，增强对重大科研项目的攻关能力，释放高校潜在的科技创新能力，实现以高水平科学研究支撑高质量人才培养，从而对高校发展具有里程碑意义。本文最后讨论了与这项建议相关的几个问题，并介绍了美欧大学科研经费的使用情况及教学与科研的管理方式。

关键词 高校科研经费使用规章；高校人员科学研究团队；高校专职科技人员；高校工资、津贴和福利；高校科技创新能力；高校改革

一、改革高校科研团队结构以促进教学科研发展

目前，高校的科研团队主要由导师与其指导的研究生（包括博士生和硕士生）组成。导师和研究生组成团队是基于《国家中长期教育改革和发展规划纲要》的要求，“建立以科学与工程技术研究为主导的导师责任制和导师项目资助制”，并受到国家科研拨款劳务费的支持。教授指导研究生是教学，其所花费的时间由高校教育经费支持；研究生做科研是实践和工作，所花费的时间由项目经费中的劳务费支持。

大学博士生招生名额由教育部控制。在科研型大学中，平均的情况是，1 个教授每年分不到 1 个博士生名额，5 年分不到 5 个。北京大学的教授、副教授与在读博士生和硕士生的比例大约是 1∶1∶3.5∶7，平均 1 个教授带 3 个或 4 个不同年级的在读博士生。导师争取科研任务，研究生协助完成任务。大学中的博士生几乎是帮助教授完成科研任务的唯一力量，所以成为稀缺的从事科研的人力资源。博士生名额成为院系和教授竞争的目标。

这样组成的科研团队中几乎没有以完成科研任务为职责的专职科技人员。这种情况，对教育不利，也对科研不利。博士生是在完成导师的科研任务中学习成长的，他们要做的应该是科研任务中创新的部分，而不应该是科研任务中重复的技术程序。这些工作应该由专职

实验技术人员来做。一个有创新能力的科研团队，除了教授及其指导的研究生外，还需专职科研、实验和工程技术的人员参加。创新人才的培养需要营造创新的学术环境，需要有条件做实验去实现他们的创新思想。学生需要导师的指导，但学生与导师讨论的时间是有限的，平均每周也就一两个小时。通常，学生是向导师的团队成员学习理论知识和实践技能的。显然，为了培养创新人才，为了做出更为重要的科研成果，需要建立有专职研究人员参加的团队。

这种仅以导师和其指导的研究生组成科研团队的情况，将高校科研限制在研究生的水平和学习年限上，只能做费时较少的课题研究。博士生在 2 年基础课后通常需要用 3 年时间发表 2 篇论文，不可能做需要长时间研究的课题或项目。而博士后在一个工作站的时间也只有 2 年限期。通常，科学项目研究的突破，需要花费较长时间发展硬件仪器设备和攻克难点，但这都不是博士生和博士后能够完成的。

把多个教授、副教授和讲师联合起来组成实体团队是困难的。为了改变这种科研团队力量相对薄弱的现状，一些大学曾尝试把研究内容相近的，或是研究内容有关联的教授、副教授和助教组成研究团队，申请重点实验室、评选优秀团队等。但是这些团队与校外科研实体单位竞争重大项目时总是失利。究其原因，人们通常认为，大学教师不可能真正组成实质结合的科研团队，因为教师的主业是教学。实际上，通常上报的团队的重大研究成果，是把多个导师各自自由选题指导的研究生发表的相关文章凑在一起组成的，并不是关于同一科学目标的有内在联系的合作研究成果。

教师的科研通常与其讲授的研究生课程的方向相联系。不同教授讲授不同的研究生课程，关心不同的学科分支，承担不同的科研项目。例如，目前北京大学地球与空间科学学院的教师人数为 103 人（包括教授 51 人，副教授 52 人），2011—2012 年开设本科课程 147 门，研究生课程 167 门。教授中参与讲授本科生课程的有 36 人，参与讲授研究生课程的有 56 人。这 314 门课的内容分布在很宽的学科范围，包括大陆动力学、矿物-岩石-矿床学、地球化学、史前生命与环境学、测绘与地理学、理论与应用地球物理学和空间物理学与应用技术等，分属 4 个一级学科（地质、地球物理、测绘、地理）和 10 个二级学科。平均每个老师每年讲 3 门课（每门课每周 2 学时）。从上面的例子可以看到，把教师联合起来组成具有同一科研课题的科研团队几乎是不可能的。

《国家中长期教育改革和发展规划纲要》要求，科研选题要“服务国家目标与鼓励自由探索相结合”。由于国家目标非常广泛，各自选择的课题都是与国家目标相联系的。大学鼓励自由探索，很难形成有具体统一的科研目标、承担内在紧密联系的科研项目的团队。当然，对某些课题，利用学校多学科的特点，可以容易地找到协作对象。为此，学校组建了众多科研中心。但是，这些中心是虚体，没有经费，没有编制，没有专职科技人员。这些虚体中心只是不定期的科技信息交流的联络处，不可能承担任何具体的科研任务。

大学教师很难组成完成同一任务的团队的另一原因是，大学教师的时间是受课程表安排限制的。大学教师的第一要务是做与学生相关的工作，包括上课、指导研究生和服务（班主任）等。教师个人的科研时间是插空安排的，常常会用业余时间做科研。他们除了完成教书育人的第一要务外，还要与校外科研单位的专职科研人员竞争国家科研项目，参加国内外各种学术会议。要求他们经常聚在一起讨论同一科研项目并不是一件容易的事情。某大学的国家重点实验室主任就曾抱怨说，他只能指挥他自己，不能指挥实验室中任何其他人。大学老师完成了教学任务，就已经完成了他的主要职责，其他时间由他自己安排，很难为其分派任务。《国家中长期教育改革和发展规划纲要》规定：“把教学作为教师考核的首要内容，把教授为低年级学生授课作为重要制度。”高校中以教学为主要任务的教师和以学习为主要任务的研究生组成的科研团队，包括联合起来的这种团队，通常只能做一些不是十分前沿的、竞争性不是很强的课题，很难取得重大标志性成果，很难攀登有国际重大影响的学术高地。这里关键的问题是，人的时间和精力是有限的，而多数现代基础科学研究是很费时间和精力的，要经历多次失败才能取得一点进展。

高校需要聘请专职科技人员参加科研团队。《教育部、财政部关于实施高等学校创新能力提升计划的意见》（教技〔2012〕6号）要求：“建立一批‘2011协同创新中心’，集聚和培养一批拔尖创新人才，取得一批重大标志性成果，成为具有国际重大影响的学术高地、行业产业共性技术的研发基地、区域创新发展的引领阵地和文化传承创新的主力阵营，推动知识创新、技术创新、区域创新的战略融合，支撑国家创新体系建设。”为达到此目标，高校需要聘请专职科技人员加入科研团队。现代基础科学研究的重要前沿课题，大都被欧美多国分别支持的多个专职团队同时追踪研究。不同研究团队之间的竞争是十分激烈的。除了国际的竞争，还有国内的竞争。中国科学院的团队也在大力研究那些有可能取得重大标志性成果的课题。显然，在这种国际国内环境下，我们高校想要有所贡献，需要组织专职科技人员集中大量时间，与教授和研究生的研究相结合，做长期连续性的研究工作。

二、改革高校实验团队结构以创新科学仪器研制和实验室管理

目前高校对仪器的管理方式，已经不能很好地适应对高端仪器的功能保障与开发。由于近年来国家在科教领域的投入力度不断提高，高校进口了很多昂贵的高端科研设备。发挥高校实验仪器的作用，是

提高高校教学、科研质量的重要环节。但是，高校对这些高端仪器的管理有时不尽如人意。有些相同的仪器，在中国科学院的研究所会比在高校有更好的工作状态，能开发出更多的功能，发挥更大的作用。这是由管理体制不同导致的。目前高校的实验室主要由实验技术人员负责。中国科学院研究所的实验室是研究员负责制。通常，研究员研究的项目与实验室的实验内容是紧密结合的。直接管理仪器的副高级实验技术人员接受负责研究员的领导，其提职、薪酬和奖金均由研究所学术委员会管理审核。

高校目前的管理方式是将实验室当作财产保管，大概是延续苏联大学的管理方式。对于中低档的主要为本科生教学使用的仪器，这种管理方法似乎是可行的，但对高精尖的以博士生实验和科研为目标的仪器，这种管理方式就不适宜了。中国科学院的管理方式有利于更好地发挥实验室高端仪器的科学研究功能，开发仪器设备的潜能。也有高校院系试行中国科学院的管理体系，实验室主任由教授或副教授担任，但效果并不明显。首先，这种安排不符合学校规定，实验员是否合作，视私人关系状况而定。其次，担任实验室主任的教师需要花费很多时间在实验室里。虽然提高了实验室的公共平台功能，但会对教师本人的教学和科研任务有很大影响，因而不可能长时间坚持。最后，如果实验室主任是教师，他会让他带的研究生帮助管理实验室。这虽然能够增加学生的经验，但是由于学生数量有限，导致学生做的重复性管理和服务性的工作过多，从而侵占了他们的学习时间。学生轮换管理高精设备，也会导致设备性能不稳定。

同是为公共实验平台服务，为何中国科学院研究所的实验室由研究员负责的机制行得通，而我们高校试行由教授负责制却有相当的困难呢？这是由于中国科学院的研究员负责的团队比较大，有多个副研究员和研究生参加。大家分摊实验室的管理和服务性工作，任务得到有效分解，压力不会太过集中。而在学校，教授的团队相对小，通常由教授本人和少数几个研究生组成。教授需要讲课，研究生需要上课，刨除必要的社会服务（如做班主任等）时间后，剩下的科研时间十分有限。如果再被实验室琐事占据，时间压力就太大了。美国大学的实验室主任通常也由教授担任。但美国大学的实验室中，用项目经费聘请的工程师和实验员配备齐全，实验室主任只是顶层管理。另外，美国教授可用科研经费“买”他必须完成的教学时间，即出钱请别人代课（由所在学院运作），从而减小因必须从事的教学而产生的时间分配上的压力。

高端仪器的研制和管理需要聘用高水平专职的非教学的工程技术人员。现代科学研究是建立在现代技术基础上的。重大科学发现和突破通常来自科学仪器和实验方法的创新。目前普遍存在的“仪器购买在外，样品测试在外”的做法恐怕很难产生国际领先的原创性成果。进口的高端科学仪器也需要开发其新的功能。大学教授要在正常教学和服务之外，花时间争取科研项目，做科学研究，参加国内外学术会议，若再兼实施改进仪器、管理实验室，那将是非常困难的。聘任专职和兼职的非教学的高层次工程技术人员在研制创新仪器和管理高性能仪器方面的重要性越来越明显。

目前，大学实验员的编制额度有限，而且工资低，不适应管理大量高精仪器的需求。有的实验室，虽有贵重仪器，却没有实验员，因为没有编制。即使有编制，那点工资在北京也招不来理想的实验员。外地来的人，学校又不能解决户口。既然价值上千万的仪器都买回来了，为什么不能用几十万高薪聘请专职研究员和实验员管理呢？能够管理这些仪器的人都是具有专长的稀缺人才，不用高薪是聘不来的，否则即使来了也稳不住。显然，用科研经费聘请高水平的实验技术人员是一个解决方案，可目前这做法在高校是不允许的。

三、改革的困难源于大学得到的科教拨款不支持大学聘用专职科技人员

据以上分析，为实现高校科学研究的快速发展，学校亟须聘用专职人员，即非教学和非临时聘用的科研和工程技术人员。但是，高校没有经费能为这些人发工资和津贴，限制了该类人员的聘用。

目前我国的科研经费不能用于支付非临时聘用的科技人员的工资和福利。财政部有关文件规定了科研经费使用的限制。科研项目经费分为直接费用和间接费用(财教〔2011〕434号)。直接费用中不包括工资、津贴和福利，只包括15%以下的劳务费。“劳务费是指在项目研究开发过程中支付给项目组成员中没有工资性收入的相关人员(如在校研究生)和项目组临时聘用人员等的劳务性费用。”见《公益性行业科研专项经费管理试行办法》(财教〔2006〕219号)。《国家自然科学基金项目资助经费管理办法》规定：“劳务费是指用于直接参加项目研究的研究生、博士后人员的劳务费用。”虽然国科发财〔2009〕97号文件规定，“项目承担单位聘用高校毕业生参与研究，其劳务性费用和有关社会保险费补助按规定从项目经费中的‘劳务费’科目列支”，但如此列支的前提是“不改变研究目标和经费预算”。这实际上是为了解决当年高校毕业生就业困难的临时措施。

间接费用包括占很小比例的绩效支出。“间接费用中绩效支出不超过直接费用扣除设备购置费后的5%”，“其中绩效支出，应当在对科研工作进行绩效考核的基础上，结合科研人员实绩，由所在单位根据国家有关规定统筹安排”(财教〔2011〕434号)。显然，绩效支出是奖励性质的，不能列支工资和福利。高校得到的基本科研业务费拨款也不能用于发工资，“各高校要严格规范基本科研业务费的开支范围，不得

开支有工资性收入的人员工资、奖金、津补贴和福利支出”(财教〔2008〕233 号,财教〔2009〕173 号,财教〔2011〕171 号)。

为什么国家科研经费不能列支参加项目研究的专职科技人员的工资、津贴呢?可能是假设承担项目的研究人员已经由所在单位负责发工资了。如果是这样,这个假设条件可能在科研单位成立,但在现在的大学就不成立了。大学从国家得到的能用于发工资和津贴的拨款仅有教育经费,是用于支持教学工作的。有人也许会有下面的看法:国家将做科研的人员经费已经分配给了中国科学院和其他科研机构,而将做高等教育的人员经费给了大学,因此,大学没有专职做科研不做教学的人员的经费。这种想法不适合当前的情况。《国家中长期教育改革和发展规划纲要》要求,大学既是培养人才的基地,又是科学研究的基地。所以,国家既要给大学从事教育人员的工资,又要给大学从事科研人员的工资,或者说,大学应该从国家分配给做科研的总人员经费中分到相应的份额。

目前我国高校得到的教育经费也不支持高校设定专职科研人员岗位。高校得到的教育经费是教育部按照学生人数核定的拨款,即生均定额拨款。其生均定额标准按照不同专业学生的实际情况核定,有学校和地区差异。在核定生均定额拨款标准时,考虑的只是学生的生均培养成本,没有考虑学校中纯科研人员(即科研编制)的工资支出。虽然在生均定额拨款中区分人员经费和公用经费,但其中人员经费的划分只是一个在受限条件(生均定额拨款总额)下的区分,没有根据需求核定,也不考虑学校教学和专做科研人员的数量。就其发放范围而言,虽然没有严格的限制,原则上可以统筹使用,但由于在核算定额标准时,没有明确计入非教学的服务于特定科学目标的纯科研人员的实际人员数目,同时又由于拨款标准较低,目前教育部下拨的生均定额经费只够用于学校发放学生各项补助和教职工基本工资性支出(不含

985岗位津贴和院系所发部分)，所以不可能从中拿出资金用于专职科研人员的工资和津贴。

综上所述，教育部拨付给高校的运行经费是按学生的培养成本计算的，不是按高校的实际人员编制拨付的。学校得到的能够付给学校教师的工资总额，是由学生人数决定的，与科研项目多少和大小没有关系。多一个学生多得一份经费，但是多一个科研项目却不能增加用于工资发放的经费。增加科研编制，可能可以支持更多的科研项目，但却不能多得生均定额拨款。若要在实际生均定额拨款中列支科研编制的工资，则只会减少教学编制的工资分配，从而使科研岗位没有设定的依据。这一情况使得即使是实施985工程的研究型大学也没有理由聘用只从事科研不做教学的人员。

高校教师的工资主要来自政府的高校生均财政定额拨款。高校教师的岗位津贴取自211工程和985工程拨款中的一部分。211工程和985工程拨款都属于国家教育经费。211工程和985工程的目标是“推进世界一流大学和高水平大学建设”，其资金主要支持“加强人才队伍建设和提高自主创新能力，重点用于实现学科建设新的突破、加快建成一批达到国际先进水平的学科、进行拔尖创新人才培养的改革试点、加快引进和造就学术领军人物和创新团队、加快提升自主创新和社会服务能力、开展高水平国际交流与合作等方面”(财教〔2010〕596号)。北京大学前常务副校长林建华2006年曾指出:“但从根本上讲，985、211专项经费应当看作是教育经费。我们国家的教育经费是按学生人数拨付的，不同学校的学费也大致一样，都处于比较低的水准上，这种教育拨款方式鼓励低水平教育规模的扩张，忽略了不同教育水平的成本差异，985、211专项经费应当看作是对这种教育成本差异的补偿，是对建设一批高水平研究型大学和世界一流大学进行的教育专项投入”。

从法理上说，高校教育经费的拨款，生均财政定额拨款和211、985工程拨款，原则上不能用于支持完成特定科研项目所需专职科技人员的工资。这一问题在科研单位（例如中国科学院的研究所）并不存在，他们从国家得到的科研事业费就是用来发放专职科技人员工资和津贴的。

上述高校不能为专职科技人员发放工资、津贴的情况，导致高校无法“建立以任务为牵引的人员聘用方式”，从而产生科研任务侵占教育时间的现象，导致高校教学与科研之间的矛盾，教学岗位与科研岗位之间的矛盾，成为束缚高校科学研究发展的瓶颈。在学生人数一定时，需要的教学工作量就是一定的。承担的科研项目越多，需要的科研时间就越多，而能发工资的拨款总额不变，能支持的总工作时间不变。这就要求必须完成教学任务的教师，增加业余工作时间和侵占教学时间去完成科研项目。其结果常常是，直接或间接地侵占了原来安排的教学工作的时间。

“建立以任务为牵引的人员聘用方式”（教技〔2012〕6号）是解决科研时间与教学时间矛盾的途径。但是这一方式在高校无法合规实施，因为科研任务经费不允许列支工资津贴。高校只能用教育经费设置在编的专职研究和工程职位，用于完成特定的科研任务。但是，在安排科研编制的工资、岗位津贴和福利方面，在免去科研编制人员的教学任务方面，都会遇到困难。原则上说，高校用教育经费设专职研究职位是有争议的。这种研究岗位支持从事某特定科研项目的科研编制人员不承担教学任务，由高校生均财政定额拨款发工资，同时由985工程专项经费发岗位津贴。人们有可能认为这一特定科研项目侵占了教育经费，该科研编制专职人员的工资和岗位津贴应由该特定科研项目经费承担，所占用的由生均财政拨款支持的工资和岗位津贴应发给其他以教学为主要任务的教师。同时，这种做法会导致从事教学的教师与不从事教学的科研编制人员的矛盾。教学工作量多的教师会认为科研编制的人员的工资是他们挣来的，因为科研成果不产生工资收入，科研项目经费不能发工资。

科学研究需要研究人员付出大量时间。因为是创新，所以事先没有人知道如何做才能成功，经过多次失败才能前进。可是高校教师科研花费的大量时间，没有合理的财务补偿依据。这使得教学和科研在时间上的矛盾更为突出。由于高校科研项目的增长很快，相应工作量和工作时间也随之增加很快。当前高校用教育经费拨款补偿科研工作时间的做法不可能长期持续，改革势在必行。

北京大学前常务副校长林建华在专家建议中指出："教师的聘任都是依据教学工作需要进行的，教师的科研时间和工作量缺乏必要的法理和财务补偿依据，专职技术人员和研究人员的聘任机制也难以建立。这一方面使学校无法有效地调动人力和物力资源，组织学术力量从事重大科学技术问题的研究。另一方面，也使学校很难从制度上理顺教学与科研的关系，这些都严重影响了大学科技创新能力的提高和研究型大学的建设进程。"在这一专家建议于2006年提出之后，有关高校得到了中央高校基本科研业务费专项资金支持，但是财政部的有关文件（财教〔2008〕233号）明确强调，这一拨款只可以用于"助研人员补助"，不能用于高层次科技专业人员的工资、津贴。林建华在2006年专家建议中提出的"教师的科研时间和工作量缺乏必要的法理和财务补偿依据，专职技术人员和研究人员的聘任机制也难以建立"的问题至今没有得到解决。

四、改革建议：科研经费列支工资津贴，以任务为牵引聘用专职科技人员

根据"建立以任务为牵引的人员聘用方式"（教技〔2012〕6号）和

“创新高校科研人员聘用制度，建立稳定与流动相结合的科研团队”（教高〔2012〕4 号）的精神，建议高校设立专职科技人员系列岗位，由科研项目直接经费或者科研事业费列支其工资、津贴和福利。采用合同制，但可以无限期延续。就研究人员来说，可设置博士后、研究助理、研究员和资深研究员共四级。后三级职位在工资、津贴和福利待遇（包括房补）上应分别与高校教学人员的助教、副教授和教授相当，甚至稍高一些。同时，还应设立由科研项目经费支持的相应的实验技术和工程系列。高校支持合同制专职科技人员申请国家各部门的科研项目。非教学系列的专职科研人员（以下简称专职科研人员）的聘任和定级由项目负责人和学校人事部门共同负责，以保持聘任的合理性和相对稳定性。专职科研人员不承担教学任务，实验技术和工程系列人员也不需要发表学术论文。为了保障聘请非教学科技人员的经费来源，建议财政部、科技部、教育部和国家自然科学基金委等部委发布文件，做出关于以下内容的相关政策的改革。

其一，高校教师和研究人员申请科研项目时，可以在科研项目直接经费栏目中列支人员费（包括工资、津贴和福利），用于支付以完成该科研项目为职责的专职或兼职科技人员的工资、津贴和福利。工资标准采用年薪制，由被聘人员的级别决定。实际工资发放根据按月计算的工作时间决定。

其二，财政部允许大学用科研事业费为大学聘请以支持科技平台、管理高端科学仪器和完成科研项目为职责的科技人员。这些经费，不含在高校生均财政拨款之中。这些专职或兼职非教学科技人员，在科研团队中长期任职，可以不承担教学任务。

其三，取消博士后的工作年限限制。这也是使我国博士后制度与国际接轨的改革。博士后应该是一种工作和经历，而不是一种类似学位的设置。目前，博士后在一个站工作的期限一般为 2 年，博士后研究人员工作期满后必须出站，或者转到另一个设站单位，且只能转1次。可是2年的限期实在太短，博士后人员刚刚熟悉课题就要离开，对科研工作不利。根据我国科研经费管理的规定，博士后可得到科研经费中的劳务费资助，但是博士后出站晋升到研究助理职位后，就不能再从劳务费中得到资助，也不能从科研经费得到工资，如果在高校没有教学任务，就很难得到工资、津贴和福利。

我们建议的改革，将使高校理顺教学与科研的关系，用教育经费支付教育工作人员的工资，用科研经费支付科研工作人员的工资，进而建立以完成科技项目为职责的专职科研人员与工程技术人员的聘用制度，释放高校潜在的科技创新能力，大大提高高校科研产出的质量，实现以高水平科学研究支撑高质量人才培养，这对高校的发展具有里程碑意义。

下面对一些相关问题进行简要讨论。

(1) 项目结束之后，如果下一个项目与此项目无关，那么通过该项目聘用的人员工资来源是否就会成问题?

第一，下一个项目和当前项目无关的情况会很少发生。高校中科研项目是项目组申请得到的。通常，项目组申请的项目总是同前一个项目有关的，因为那是该项目组的长项。同时，专职科研人员通常是申请项目的主力，他不会申请与自己无关的项目。第二，科研项目资助部门会考虑稳定支持相关科研团队的优势项目，和维持相关专职科研人员职位聘任的连续性。第三，即使发生项目组改变方向的情况，高校的专职科研人员由于具有高水平的科技能力，会容易流动到其他项目组、学校，或者公司，更好地发挥作用。目前，社会上公司的专业人员都是流动的。我国社会保险事业的发展，可以保障科技人员的流动。

(2) 大学的科研经费来自不同部门，而且不同项目经费的数额差别也比较大。在这种情况下，如何制定统一的标准，用于支付专职科技人员的工资呢？

支付专职科技人员的工资标准不是由科研项目的委托单位决定的，而是由科研项目的承担单位决定的。专职科技人员的工资级别由其工作单位人事部门根据一定程序和标准决定。根据申请人的工资级别和实际用于具体项目的工作时间决定人员费用数额。项目批准后，工作单位财务部门从批准的项目人员费用栏目中划拨专职科技人员的工资和福利。

(3) 纵向科研项目中一般规定不能开支已有工资收入人员的人员费，怎么办？

我们的建议就是希望改变这一规定，在直接经费栏目下增加列支人员费(包括工资、福利)栏目，用以列支没有教学任务纯做科研技术工作的专家的工资、福利。这些人不做教学，学校不能发工资、福利，因此不能算是“已有工资收入的人员”，我们建议由科研经费给他们发工资、津贴和福利。我国自然科学基金的章程与美国自然科学基金的章程十分相似，但是唯有人员费用的规定不一样。两个基金都有参加人员工作时间(以月计算)列表。我国基金列表中的人员工作时间没有实际用处，而美国基金列表中的人员工作时间是用来计算参加人员获得工资、福利的根据。这一重大区别可能是我们科学研究落后的原因之一。国际经验表明，人员费是基础科学研究经费支出的主要部分。只有改革这项不能列支科研人员工资、福利的规定，高校科研水平才能进一步提高。

(4) 教育部已经出台在高校设置科研助理的政策，可以聘用不占编制的科研助理[《高等学校科研助理管理办法(暂行)》教技〔2010〕4号]。科研助理是专职科研人员，在科研团队中应起到一定作用，实际情况是这样吗？

教育部关于设置科研助理的办法实施时遇到极大的困难。因为根据财政部文件，科研助理不能拿工资，只能拿劳务费，是“没有工资性收入的相关人员（如在校研究生）和项目组临时聘用人员”。这里，困难在于劳务费有限，需要补助研究生。如果用劳务费支付科研助理，受聘的科研助理则必须是没有工资的临时聘用人员，因此没有多少人愿意应聘这种职位。如果不用劳务费支付，就没有其他经费能够支付了。

(5) 可否在高校设置专职科技人员的长期编制？这些人员不用从事教学工作，具有晋升途径，工资由国家拨款，科研经费由国家支持。

这一设想很难实施。下面分 4 点进行分析。

其一，工资和科研费都由国家支付的想法不过是国家实验室设想的翻版，估计在大学行不通。在建立国家实验室的设想中，由国家支持的国家实验室是有特定国家目标的。可是在大学中，要求科学研究将“服务国家目标与鼓励自由探索相结合”，这是由大学的多学科教育特点决定的。

其二，高校的基础科研成果的水平应由学术界评价，应用成果的价值要由实际应用部门评价。大学通常没有能力评价众多自由探索课题的研究成效，很难确认有长期编制的不用从事教学工作的人员的工作成效。

其三，如果这些专职科技人员与教学人员在待遇上没有区别，那么谁从事教学，谁不用从事教学工作成为专职科技人员呢？这将导致教学与科研的矛盾，以及教学人员与科研人员的矛盾。

其四，关于“需要国家拨款，并有长期可持续的经费投入”。这些经费投入出自国家教育经费吗？如果是，那就相当于有关部门的科研和技术项目侵占了国家教育经费。我国 4% GDP 的教育经费来之不易，应该用于对国家有长远影响的人才的培养，不应该拿去支持只有有限影响的特定科技项目。

本文提出，用生均定额拨款发工资支持的人占用教学编制，由科研经费发工资支持的人占用科研编制。这样可理顺教学和科研的关系。可行的做法是哪个部门收获科技研究成果，哪个部门就要支付人员费，这是天经地义的道理。大学中不从事教学的专职科研人员的工资只能由其从事的科研项目的经费支出。

五、改革参考：美欧大学中科研经费的使用及教学与科研的管理方式

美国的科研经费，除去购买仪器设备的费用，最大的开支是参加工作人员的工资和福利。一份美国科学经费申请预算表显示，直接经费的第一项就是项目负责人和聘请人员的工资和福利，根据项目期间内每年工作的月数和每月的工资标准，计算项目应支付的工资。除了工资列项之外，还有旅差费、计算机硬件费、出版费和互联网费。下面是一个3年(2008—2010年)项目实例，总直接经费约20万美元，其中人员费用18万美元，占90%，支持博士后1人，3年间每年工作时长分别为6个月、9个月和9个月，3年期间工资标准分别为3827美元/月、3904美元/月和3982美元/月，共计9.4万美元。预算表最后列支29%MTDC(这就是大学拿到的间接经费)，于是，总经费为26万美元。这一特例给出的项目支出比例是有代表性的。

教师获得科研项目对学校的经费收入十分重要，体现在以下方面：①作为间接经费，学校得到项目费的30%；②对大多数研究生来说，他们的学费是由其指导老师的项目费支付的；③研究生和博士后的工资是由指导(合作)导师的项目费支付的，工程师和研究人员的工资也是由相关项目的经费支付的；④参加项目研究的教师可从项目费中得到3个月的工资。

学校发的工资支持教师在1年2个学期共9个月时间的教学和科研工作。一份关于美国加州大学伯克利分校教授时间分配的调查报告表明，教授们每周的上课时间约为5小时，一半本科生课，一半研究生课；但是加上备课、与学生讨论及看学生论文等时间后，教学时间为26小时，科研时间是23小时。另外还有接近总时间1/3的学校服务工作时间。这实际上超过了每天8小时、每周5天的工作时间。在物理学系，平均每学期每个教师讲1门专业课和1门科技报告课，指导3个研究生。学校的教员人员编制是由本科生和研究生的课程和人数确定的。

从事教学和科学研究的人员的比例约为1∶3，也就是说，虽然1个教授一般用2/5的工作时间做科研，但是有3个专职科技人员（研究科学家、研究助理、工程师、技术员、博士后等）全时帮助他做科研，他们的工资是由其所从事的科研项目的经费支付的，他们在相应的研究所和中心工作。教授在院系（例如物理系、化学系等）做教学工作，也可在研究所和中心兼职。加州大学伯克利分校有100多个实体研究中心和研究所。例如，空间科学实验室（SSL），是隶属加州大学伯克利分校的独立机构，有200～300个科学家、工程师和博士后，他们的工资都是由科研项目经费支付的。在这个实验室中，只有3个物理系的教授。这三个教授的9个月工资由加州大学伯克利分校支付，用以支持他们教学，另外3个月的工资由他们的科研项目经费支出。

德国大学从所在地的州政府获得经费支持，不依赖于在校学生人数。德国大学可从联邦部门获得科研经费支持。在完成教学任务的条件下，教授可以从学校得到基本工资，还可以从科研活动获得部分工资。德国的大学教授每年须完成224小时的教学任务（在4个月的冬季学期和3个月的夏季学期中每周讲8学时的课）。

在德国，一个教授被学校聘用的同时，就得到1个或者数个职位用以聘用合作科学家和工程师。德国科研项目费包括人员工资。有的科学家和博士后会带学生的实验课,但工程师不参加教学。许多工程师的工资是由科研项目经费支持的;有些职位属于学院,由学校支付工资。

加拿大大学的科研项目经费包括课题组研究人员和研究生的人员经费(工资、津贴)。大学教师每申请到一笔科研经费,其所在大学可同时获得一定比例(通常为15%～25%)的间接成本配套经费,用于公共设施建设和提供公共服务。项目经费可以聘用研究人员、技术人员和管理人员(如编程人员、计算机管理人员、项目管理人员等)。科研经费基本都可以作为人员工资或科研业务等支出,没有15%劳务费的限制。聘用的博士后,有工资和保险,没有福利,但聘期不受限制,可以长期聘用。聘用的研究人员的待遇与博士后的区别是,前者有各种福利。科研的人工成本通常占总成本的2/3,其他成本占1/3,包括支付仪器设备、原材料、差旅、出版印刷等的费用。

致　谢

感谢教育部科技委地学与资源环境学部2012年委员工作会议对本文基本内容的讨论,支持其思想并提出宝贵的修改建议。感谢北京大学人事部部长刘波,北京大学地球与空间科学学院副院长张立飞教授、傅绥燕教授、宗秋刚教授、王玲华研究员,中国气象局吕建勇研究员,中国科学院地质与地球物理所万卫星院士、杨近辉研究员,中国科技大学汪毓明教授等给予的帮助,他们分别对报告中的不同具体问题给出了重要的修改建议。北京大学地球与空间科学学院教课人数由在读博士生张磊通过学生选课表统计。

2013年2月28日发表于《科技导报》

参考文献

[1] 林建华.关于科研事业费的建议[R].北京:教育部科技委秘书处,2006.

“三无”性骚扰指控处理的无罪推定原则

现在性骚扰指控的发生时间有越来越久的趋势。性骚扰指控本来就举证困难，一二十年以前的性骚扰指控举证就更困难了。2018年，美国大法官提名时遇到35年前性骚扰的指控。如何对35年前的性骚扰事实认定是一个非常有趣的问题。我们对美国大法官的提名过程以及谁做美国大法官没有兴趣。但是我们希望从参议院对于35年前性骚扰指控的处理过程得到启发。

背景情况：美国前总统特朗普于2018年7月提名卡瓦诺为最高法院大法官。该提名需要参议院投票确认。距原定参议院投票只有11小时的时候，加州心理学教授福特于9月16日通过《华盛顿邮报》公开指控大法官候选人卡瓦诺35年前在一次聚会上对其性骚扰。除福特外，还有两名妇女——拉米雷斯和斯威特尼克，实名指控卡瓦诺数十年前性骚扰。于是参议院投票被迫延期。参议院司法委员会于9月27日分别听取了福特和卡瓦诺的宣誓作证（见附2）。司法委员会于9月28日提名投票，以共和党11票赞成对民主党10票反对通过对卡瓦诺的提名。然后总统特朗普要求FBI再对卡瓦诺的背景调查做补充调查,实际仅限于性骚扰指控范围,时限1周。FBI将40多页的补充调查报告于10月4日凌晨(美国时间)送到白宫,随后送到参议院司法委员会。FBI调查共约谈了10人,其中6人的约谈是针对福特指控的事,包括福特声称当时在场的3人,其余4人的约谈是针对拉米雷斯的指控。FBI的调查没有发现卡瓦诺性骚扰的证据。参议院于10月6日投票表决,卡瓦诺以50对48的结果通过提名。1名民主党参议员赞成,共和党参议员中,1票反对,1票弃权,1人请假参加女儿婚礼(因为是星期六)。这次投票不是直接对卡瓦诺性骚扰的否认。投赞成票的人是认为没有证据,根据"无罪推定原则",不影响提名。反对的人认为需要扩大调查范围,延期投票。实际上,没有参议员声明确认卡瓦诺犯有性骚扰罪,例如缅因州参议员柯林斯在长达45分钟的演讲中,批评了卡瓦诺所遭受的不公待遇,同时表示,虽然福特教授的证词很真挚,但FBI并未找到性侵的证据,因此她会投票确认卡瓦诺的提名。

一、性骚扰带来的痛苦记忆

听了福特的口述和回答(见附3),大家同情福特记忆中的遭遇,相信她记忆中的在某时某地被某人性骚扰的痛苦体验。不少人都相信受到性骚扰的人可以把主观感觉的精神创伤记很长时间,但是他们会忘记其他必要的可以客观认证的环境特征。他们无法给出确切的时间、地点和人物等可核查的信息,用以确定该事件确实发生过。福特说她记忆的可靠性是100%。这是主观的信心,这一主观的信心应该得到尊重。但是也应该注意到,没有科学数据表明对35年前性骚扰事件的记忆中有多少是客观真实的。英国利兹大学的认知心理学教授马丁·康威(Martin Conway)在其《不靠谱的记忆》一文中指出,"记忆失真是根本的、普遍的，几乎无人能够幸免”。具体到某具体事例，很难确定哪些记忆事项是真实的，哪些记忆事项是失真的、是被植入的。人们可以主观上相信你的记忆，但是人们无法保证你的记忆是100%真实的。

二、性骚扰记忆的逻辑陷阱

人们可以凭感情相信和同情受害者的记忆的创伤，但是要将数十年前性骚扰创伤的主观记忆加罪于客观的现实的人，就是一个严肃而复杂的问题了。因为人们也会相信被指控人的记忆。如果被指控人否认，人们就掉进了性骚扰的逻辑陷阱中。一个说有，一个说没有，又无法客观取证，人们陷在相信的矛盾中，无法得出结论。在参议院司法委员会上，福特宣誓时声泪俱下地认定35年前的施暴者是卡瓦诺，100%肯定。福特说，她的去甲肾上腺素和肾上腺素水平使她对卡瓦诺的35年前的记忆100%可靠（见附3）。可是卡瓦诺也宣誓，声泪俱下地否定，说终生没有做过性骚扰的事，100%否定，并出示日历的相关记载。如果用去甲肾上腺素和肾上腺素水平去对比手写日历，真是不知哪一个更可靠。人们相信前者，人们也相信后者。既相信福特对卡瓦诺的指控，又相信卡瓦诺的否定。这就使人们陷入了性骚扰的逻辑陷阱。

三、性骚扰的逻辑陷阱的出口，选择性相信

人们可选择相信双方证词中相互不矛盾的部分，不相信相互矛盾的部分。人们可以相信福特口述中关于受到性骚扰的情景和感受的痛苦是她记忆的真实表述。但是在她叙述的情景中，不能确认聚会的

时间、地点，也没有描述突然出现的施暴人的人脸特征。福特举出她记忆中 3 名在场的证人都对 FBI 警员说，不记得参加过这次活动。福特说记得她自己喝了 1 瓶啤酒。一个 15 岁的女孩，如果初次喝了 1 瓶啤酒，也会头晕的。人们相信她的证词是她记忆的真实描述，但是怀疑她的记忆是否反映了 35 年前的真实场景，甚至怀疑这个聚会是否真实发生过。针对福特的指控，FBI 约谈了 6 名证人，包括福特认为当时在场的 3 个人，都没有人证实福特的说法。卡瓦诺的证词给出他 35 年前参加过的所有聚会的时间、地点和参加人员，但是这些聚会都没有福特参加。

四、对“三无”（无时间、无地点和无证人）性骚扰指控的无罪推定原则

由于选择性地相信，人们相信福特的记忆中的受到性骚扰的感受，但是怀疑她对施暴人的记忆辨认。虽然卡瓦诺承认高中时会大量饮啤酒，但是福特对卡瓦诺的性骚扰举报没有确切证据支持，于是对卡瓦诺适用无罪推定原则（见附 1），就是疑罪从无的原则。证明被告性骚扰的责任由控诉方福特承担，被告人卡瓦诺不负责证明自己没有性骚扰。如控诉方福特不能举证，被告人卡瓦诺就被认为（推定为）没有实施性骚扰。现代社会必须在疑罪从无和疑罪从有两者中选一个。疑罪从无可以不冤枉好人，但是有可能会漏掉坏人。疑罪从有就是会冤枉好人，但是会少漏掉坏人，导致“宁可错杀一千，不能漏网一人”。现代社会选择疑罪从无的道理很简单。现代社会非常注重社会机构的公信力，如果社会公正机构以疑罪从有的方针系统性地冤枉好人，就没有公信力了。但是如果社会公正机构由于证据不足而漏掉的坏人再次作案，其判罪的证据就充分了。人们同情自述受到性骚扰的妇

女，但是人们没有理由给无辜的男人强加罪名。人们既需要保护指控人的权利，又需要保护受控人的权利。虽然性骚扰事件通常很难举证，但是行政司法机构要处罚受控人，仍然需要过硬的证据。这次美国联邦法官任命的过程，给出了对“三无”（无时间、无地点和无证人）性骚扰指控的处理范例，就是无罪推定原则（即被指控人无罪，见附 1）。

五、无罪推定原则经典理念的现实意义

无罪推定原则最早是在现代启蒙运动中被作为一项思想原则提出来的。1764 年 7 月，意大利刑法学家贝卡利亚在其名著《论犯罪与刑罚》中，抨击了残酷的刑讯逼供和有罪推定，提出了无罪推定的理论构想。我国古代也有“与其杀不辜，宁失不经”的思想。现代社会大都实行无罪推定原则。但是，由于美国“♯Me Too”运动，美国当前盛行对性骚扰指控的有罪推定原则。美国前总统特朗普说，“现在只要女性站出来指控男性性骚扰，他就被假定是有罪的。这对我们国家来说是非常危险的”；“现在对于美国的年轻男性来说，是可怕的时刻，因为你随时可能会变成虚假指控的对象。在你证明自己清白前，你就是有罪的，这太可怕了”。其实，性骚扰指控的有罪推定原则对全世界都是有害的。中国也受到其影响。这次美国大法官的提名过程，虽不是法庭审判，但是这次确定的对性骚扰指控在没有证据的情况下适用的无罪推定原则，会对美国和全世界都产生重要影响。美国是一个非常奇特的国家。一部分人认为福特的“三无”举报使卡瓦诺的家庭生活受到突然的无辜的伤害。特朗普说，卡瓦诺“个人的生活支离破碎，他的妻子也崩溃了”。但是另一部分人认为福特是妇女维权的英雄，甚至会把福特的故事拍电影，如同 1991 年的大法官提名时发生的事件那样（见附 4）。社会上有人会觉得福特维权的勇气是值得赞扬的，她记忆

中的创伤是值得同情的。但是,她的“三无”性骚扰举报当时没有阻止大法官的提名和任命,将来也不可能成为成功指控性骚扰事件的司法范例。

附1:参议员布莱克提出无罪推定原则

前一天福特对卡瓦诺的性侵指控听证后还表示无法决定的布莱克,第二天一早突然宣布将给卡瓦诺的提名投赞成票,因为“我们的司法系统原则是在没有确凿证据时,对被告采用无罪推定”。这等于为卡瓦诺在参议院司法委员会的第一关扫清了障碍,迅速引起轩然大波。布莱克本人还在国会山被一名女性抗议者拦住,愤怒质疑他的决定。

附2:参议院司法委员会听证会程序

程序规定,性骚扰指控人必须在提交文字指控后现身委员会宣誓后报告并回答问题。21位参议员,每人提问时间是5分钟(包括回答),提问权利可转让给其他人。这次听证会,所有共和党参议员都把提问题的权利转给了一个州的检察官,这样她可提问11次,每次5分钟。她的提问,轻声细气,用词委婉,态度和蔼,内容简单,例如,“你家

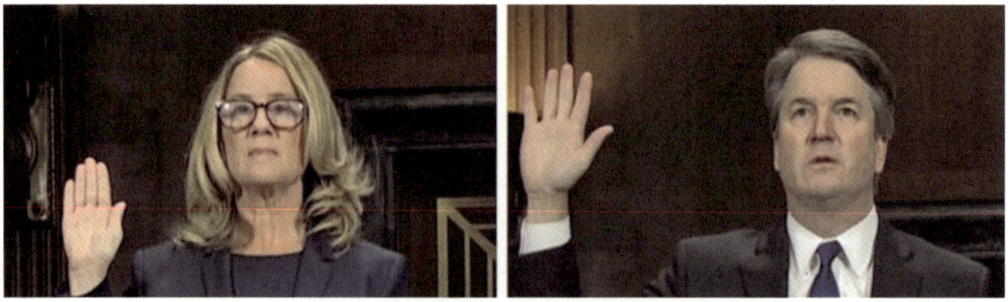

福特(左)和卡瓦诺(右)在参议院司法委员会听证会上宣誓

距聚会的地点远吗?”“你是坐公共汽车过去的吗?”正是这名州检察官的提问,使得福特没有使人们相信那次聚会是一次确实客观发生的事件。看来性骚扰指控人现身并回答问题,对于正确判断案情是十分重要的。被指控人,也有相同的听证会。最后,投票,以简单的多数人意见为准。

附3:福特的关键证词

傍晚时分,她走上楼梯,打算去二楼用洗手间时,突然被人从后面推入一间二楼的卧室。她被卡瓦诺摁在床上,他试图扯下她的衣服。“我以为他会强奸我,我试着大声呼救,我这么做的时候,布雷特(卡瓦诺)用手捂住我的嘴,阻止我尖叫。”她叙述道,自己逃出房间,将自己锁在卫生间里才脱困。

范斯坦问她怎么能够确定卡瓦诺才是攻击者。福特用专业的话语答复道:“就像我现在确定我在和你说话一样。基本的记忆功能,以及大脑中用于解码的去甲肾上腺素和肾上腺素的水平——神经递质将记忆编码到海马体中,因此创伤相关经历就在那里被锁定,其他细节则有点模糊不清。”当被问及她的肯定程度时,福特坚定地答道:“百分之百。”

附4:1991年大法官提名

1991年大法官克拉伦斯·托马斯的提名,也遇到曾经的女下属安妮塔·希尔(Anita Hill)指控其性骚扰,两人也出席了听证会,但是没有阻止大法官的任命。那场听证会后来被改编成HBO电影《关键判决》,对美国女权运动有重要影响。

附 5:福特作证照片

福特在参议院司法委员会上指控法官候选人 35 年前对其性骚扰(截图自《每日邮报》)

福特居中;右边是她的律师,指出有些问题不需要回答;左边是她的助手,帮助其调整话筒的高低

附 6:福特感激有机会尽公民义务

摘要　在作证声称大法官卡瓦诺在青少年时代曾性侵她之后,加州教授克里斯汀·布莱西·福特已经收到了无数死亡威胁,并被迫 4 次搬家。但福特仍在一封写给支持者的信中表示,很感激"能有机会完成她的公民义务"。

听证会现场(美联社视频截图)

福特的长桌在右边,主席在福特对面,共和党参议员请的提问代理——检察长(女)在左边

福特在信中感谢了支持者给她的捐款，并表示自己已经不再接受来自支持者的捐款了。此前，在成为新闻头条后，福特通过网络捐款获得了65万美元，以雇佣一个安保团队。

附7：参议院对提名法官最终表决现场

参议院对提名法官最终表决现场，由前副总统彭斯主持。每个参议员在自己座位上站起来表态。实际上每个参议员都事先公开表过态了。他们表态很慎重，因为要考虑他们的选民的态度。

提名法官最终表决现场

附8：福特教授对卡瓦诺法官的指控背景

由于左右摇摆的共和党的大法官肯尼迪提出离职，特朗普在2018年7月提名共和党人卡瓦诺接任大法官。在此之前，特朗普已经任命了一位共和党人尼尔·戈萨奇出任联邦大法官。7月肯尼迪退职之前，最高法院9名大法官中，4人倾向保守主义，4人倾向自由主义，而即将离职的肯尼迪则处在两种主义之间，保守与自由基本保持平衡。共和党的卡瓦诺若成功接替肯尼迪成为新任法官，两党在最高法院的比例就会改变,从而有利于共和党政策和理念的实施。

民主党深知事情举足轻重。在7月,民主党很快获得了一张王牌,不过其党魁舒默和范斯坦秘而不宣。事实上,卡瓦诺提名一经公布,民主党就得到了帕拉阿图大学心理学教授福特女士的密信,声称她在35年前遭到过卡瓦诺的性侵。在女权主义正兴的时代,这一指控无疑是爆炸性的,它的杀伤力不容小觑。民主党对此小心而精细计划。虽然福特希望保守秘密,但消息不知怎么还是被泄露了,并且泄露的时间是在9月底,正是卡瓦诺任职听证会的最后一个星期。

显然,民主党如果成功利用这一消息,当是能一石数鸟。2017年10月开始的"#Me Too"运动,不到半年席卷全美。好莱坞的大导演、知名演员、电台大牌主持、公司主管……所受指控者,无论名声多么显赫,无一例外地被清扫出局。许多企业甚至做出规定,公司管理人员若需与女员工进行谈话,需将办公室的门敞开,或者需有一位女性经理陪伴在场。

民主党深信福特这张王牌能够奏效。首先,他们希望福特的指控能够阻断卡瓦诺的上任之路,或者至少延迟大法官的任命,直到11月中选时,民主党夺回参议院,再彻底终结特朗普的提名。其次,他们认为女性在权利和人格意识方面正在觉醒,即使不能阻止卡瓦诺,性侵问题处理不好,共和党也会在女性选票上损失惨重。而特朗普本人在女性问题上一直有些不清不白,所以福特事件对特朗普本身的打击也将是可以预料的沉重。

随着福特信件的泄露,几天之内,又有数位女性指控卡瓦诺性侵,甚至称他为性侵集团的成员。一时间山雨欲来风满楼,卡瓦诺不仅品行不端,简直就是面目可憎。民主党说服福特到参议院进行听证,而在听证前的那个晚上,总统被媒体包围,被质问是否仍将启用一个性侵犯法官。被媒体紧紧追逼的特朗普最后不得不放低姿态,称若是性侵为真，可能替代卡瓦诺的法官还有数人。

一般而言，面对提名大法官性骚扰的指控，无论证据如何，美国总统大多会重新提名新法官，特朗普的顾问团队也曾劝他放弃卡瓦诺。然而这位总统个性强势，决不作妥协。听证会照常举行，大概 2000 万人观看了听证实况。为避嫌疑，共和党特意请来亚利桑那州的女性检察官瑞秋·米歇尔主持听证。福特女士声音颤抖地指控卡瓦诺在 35 年前对她进行性侵，并且导致了福特后期的抑郁症。性侵发生的那一年，卡瓦诺 17 岁，福特 15 岁，然而性侵的具体时间不清楚，目击证人没有，前后细节全部遗忘，基本上只是福特自己对那一瞬间的记忆。

卡瓦诺在听证会上情绪颇为激动，民主党为此认为他至少缺乏法官应具的冷静和沉稳。卡瓦诺坚决否认指控，谈及 10 岁女儿建议为福特祷告之时，话语数度哽咽，泪水几至流出。这一场景，多少观者为之感动，日后或将成为美国政治中历史性的镜头。

南卡罗来纳州参议员林赛·格雷厄姆，在听证会结束之前慷慨陈词。他的坦率、愤怒与真情，动人而震撼，使人不禁想起电影《闻香识女人》中的一幕：上校为查理辩护，斥责学校的虚伪和无道德。林赛痛陈今日两党之争正在毁灭一个杰出人士的一生。他说，这是他从政以来最为黑暗和肮脏的时刻，而共和党人如果不投卡瓦诺的赞成票，则是纵容对法律的蔑视。

已经 6 次通过联邦调查的卡瓦诺，再一次接受 FBI 调查。两天之后，卡瓦诺仍被证明清白。投票 1 周之后在参议院进行，并以 50 票比 48 票通过卡瓦诺的任命。历时 3 个月之久，两党罕见的激烈争斗终以特朗普总统和共和党的大胜而告结束。

卡瓦诺曾是布什的幕僚，在共和党阵营中声望良好，是建制派推荐的候选人，提名卡瓦诺就是为了获取建制派的好感和支持。虽然之前布什一直在含蓄地批评总统，但是这次看到其好友遭受如此诽谤，布什终于采取行动，逐个劝说参议员支持总统的提名。

民主党希望通过阻止总统的大法官提名，特别是借“＃Me Too”运动赢得大多数妇女的支持。但是错误判断局面的民主党，不仅未能阻止卡瓦诺的上任，还事与愿违地让共和党的建制派统一到了总统麾下。民调显示，共和党的参选热情在卡瓦诺任命之后仅落后民主党 2 个百分点；而 1 个月以前，民主党曾经领先 10 个百分点。

2018 年 12 月 20 日

美国“♯Me Too”运动，影响中国难

在美国影视界发起的反性骚扰“♯Me Too”运动的影响下，旅美女士罗某某实名举报其多年前的中国博士副导师性骚扰。罗某某对媒体说，“美国对女性和儿童的保护也是在各种血泪中从无到有一点一点进步来的。如果我们中国要有个开端，可否从本应该最有保护意义的校园展开？而我曝光这些，就是想做个开端”。然而几个月过去了，除罗某某学习过的北京某某大学外，没有其他高校跟进，中国高校版的“♯Me Too”没有出现，罗某某希望做的“开端”也没做成。下面我们先介绍美国“♯Me Too”运动的特点，然后讨论对中国校园的影响情况。说明为什么“♯Me Too”没有出现中国高校版。

一、“♯Me Too”运动像法国大革命

2017 年 10 月 15 日，好莱坞大制片人哈维·韦恩斯坦性侵多名女星的新闻曝光后，演员艾莉莎·米兰诺在推特上呼吁，曾受性骚扰或性侵的女性在社交媒体分享自己的经历。这一号召获得全球各地大量女性响应。据统计，在 1 个月内有近 190 万人次使用“♯Me Too”的推文。从 10 月 15 日到 11 月 29 日，有演艺界、商界和政界的 40 位名

人被“＃Me Too”运动拉下马。美国加州民主党议会议员加西亚刚被《时代》杂志评为反性骚扰领袖，但马上就被举报是性骚扰分子。这活像法国大革命，今天将别人送上“断头台”，明天被别人以同样的理由送上“断头台”。下图展示了美国加州洛杉矶和好莱坞的反性骚扰游行和集会。

美国各地的反性骚扰游行和集会

二、“＃Me Too”运动是公众用社交平台反对社会名流对弱势群体性骚扰的尝试

在美国，40 年前就有明确反性别歧视和反性骚扰的法规条文，为什么现在才爆发反性骚扰的社会运动呢？可能过去的性骚扰事件是由媒体报道，公众不能自主表达看法。现在，受害人可自行在社交网上举报。如果被举报人是社会名流，就会引起公众的特别关注。根据举报的内容，公众可自主在社交网上审判。审判将极大地影响公众买股票、电影票，和给政界人士的投票。这就是为什么演艺界、商界和政界的名人受影响最大。奇怪的是，公开举报性骚扰对美国总统似乎没有什么作用。克林顿和特朗普都有多人公开指控其性骚扰，但是似对

选票没有什么影响。

三、“♯Me Too”运动是性的再道德化的运动

名人的性骚扰行为，以前只被认为是男人的风流小事，而如今正在成为美国广大公众关心的热点问题，被视为是严重错误，甚至犯罪行为。这可能与“绝对正确”的思潮有关。男女之间某些肢体接触，当时可能不认为是回事，过了一段时间，在主流话语的影响下，性觉悟提高了，就认为是性骚扰了。人们认识的变化相互影响，集中发展，导致性骚扰案例突然爆发。法国影星凯瑟琳·德纳芙认为我们正在见证性的重新道德化，不是被中世纪的教堂，而是被“绝对正确”的思潮，被主流话语重新道德化。例如，英国国防大臣迈克尔·法伦则承认了在15年前曾触摸过一名女记者的膝盖，因此引咎辞职。1998年时任美国总统的桃色丑闻中的女方莱温斯基也受到“♯Me Too”运动改变看法了。她给《名利场》杂志写文章说，“‘♯Me Too’女权运动让我重新审视了自己和克林顿的关系。我一直以为，自己和他的关系是基于双方同意的基础上的，但现在看来，这当中仍然有权力、特权的欺压问题。我甚至觉得，我当时以为的‘同意’只是一种屈服于权力之下而产生的感情”。她的话可以这样理解，她20年来一直执迷不悟，现在才提高了性觉悟。男女之间的行动是不是性骚扰的判断，是随时间变化的。不同时间，人们对其看法是不同的。人们不知道，是以当时不受欢迎为准，还是以举报时感觉不受欢迎为准。

四、“♯Me Too”运动不能区分对性自由的挑逗与性骚扰

公众只根据网络上举报的材料，就在社交网上审判，很难保证公

平正义。性骚扰的特点是通常没有留下可鉴别的物证，例如那种自己不希望的触碰——作为一个社会人，很难判断那种触碰是自己希望的还是不希望的。当前，似乎不同年龄段的演艺界人士对性骚扰主观感觉的标准是不一样的。欧洲 100 多位知名女性公众人物发表公开信批评“＃Me Too”运动，包括法国老一辈传奇女演员凯瑟琳·德纳芙。她们认为现在“＃Me Too”运动不仅出现了权力的滥用，还逐渐演变成了对男人和性的憎恨。她们认为必须捍卫对性自由不可或缺的挑逗权。由于这 100 多位女性公众人物年龄偏大，经历过 20 世纪 60 年代的妇女解放运动，人们认为可能是年轻的人士认为男女的社交关系应当更严肃一些，而老一辈人士则认为应该更开放一些。怎样把对性自由的挑逗与性骚扰进行区别？怎样既保证举报人的权利又保证被举报人的权利？这是非常细致的工作。对性骚扰举报的审理应该通过合理的程序，而不是通过社交平台向被举报人和单位施加压力。

五、“＃Me Too”运动对非社会名流威慑力不大

“＃Me Too”运动是利用公众可自由买股票、电影票，和给政界人士投票的权利，来制裁对弱势群体性骚扰的商界、影视界和政界的社会名流。对于与股票、电影票和公民投票无关的人士，例如对于科学家、教授，这一运动的威慑力就有限了。网民对科学家的文章是否发表或是否引用没有发言权。这可能解释为什么被拉下的 40 位名人中没有科学家。小餐馆的员工被餐馆老板性骚扰了，到“＃Me Too”上去举报。可是没有人会理会那无人知晓的小餐馆的老板。在美国，这种事可能还要到平等工作机会办公室去举报，罚那老板一大笔钱，让他下次再也不敢了，可是受害人面临举证难的问题。

六、“♯Me Too”运动在中国高校的影响力很小

在美国影视界流行的“♯Me Too”反性骚扰运动，在中国大陆的影视界没有产生什么影响。可是奇怪，中国教育界却受到了一点影响。旅美生活的罗某某的举报可谓是亚洲首宗引发广泛回响的“♯Me Too”行动。2018年1月1日，北京某大学6年前毕业的博士罗某某在美国跟风“♯Me Too”运动，实名举报她的博士副导师在12年前对其性骚扰。1月11日，该大学确认举报属实，取消了她的博士副导师的教师资格。这导致中国全国70多所大学的8000多名学生响应微博“万人致信母校反性骚扰”行动，公开致信母校呼吁建立反性骚扰机制。1月18日，武汉某大学信息学院教授带领50多位各高校教师联署发表反性骚扰宣言。1月25日，海外100多名中国学生和学者包括美国哈佛大学物理系教授尹希在内联署发布了关于中国高校性骚扰防治的公开信。在1个月之内有成千上万的中国学生写信发表宣言反对性骚扰。可是再没有人实名举报中国的其他性骚扰事件。

正如同潘绥铭等(2018)指出的，美国“反对性骚扰的主张，并不是根据该现象的多少而提出的；而是出于对普遍正义的理念追求而抽象地提出的”。其实，就是出自美国的“绝对正确”的思想。至今，中国跟进“♯Me Too”运动确认性骚扰事件的只有罗某某毕业的一个学校，没有其他高校跟进，没有掀起中国高校版的“♯Me Too”运动。北京某大学和南昌某大学的老师受到了匿名投诉，可是后续网上没有跟踪报道了。罗某某毕业的大学没有当成掀起中国高校版“♯Me Too”运动的领头单位，却成了中国高校中被美国“♯Me Too”运动“揪”出的唯一高校。罗某某想当中国反性骚扰运动的开端人的愿望也没有实现，却成为唯一利用社交网络向学校施压的范例。她身在美国，在互联网和媒

体上大造声势，隔空揭发北京某大学的副导师，同时却拒绝与该大学的调查组面谈，破坏公认的正常调查程序。

七、“#Me Too”运动没有出现中国高校版，为什么？

其实，美国的高校版“#Me Too”也没有出现。高校的性骚扰问题不能通过社交网络的曝光来解决，要通过适当的程序来解决。再有，中国与美国的情况不同。潘绥铭等对全国各阶层的调查结果表明，“且不管美国对于性骚扰的定义是否正确，它并不适合中国人的实际生活。中国人自己所认为的性骚扰，最多发生在平等关系中，其次发生在陌生关系中。相反，那些最容易仗势欺人进行性骚扰的人（老板、领导、老师、对自己有恩的人）所占的比例其实是最少的。也就是说，在当今中国，在工作场合中利用职权进行的性骚扰，真的有，可是也真的没有那么多”。该文还说：“在当下，反对性骚扰的话语不能说如同水银泻地，至少也是如雷贯耳，但绝不意味着这样的事实就真的很多。”

潘绥铭的调查结果与相关统计结果一致。2017 年，通过政府信息公开的方式获得的 16 所 211 高校关于性骚扰投诉与举报量的数据，共计只有 3 起。基于新闻报道和社交平台的不完全统计的结果与这一结论一致。统计表明，2014 年至 2017 年的 4 年间，中国高校只发生经证实的性骚扰事件 9 起。考虑到全国有普通高校 2595 所，高校教师近 160 万人，这个统计反映出的中国高校性骚扰事件的数目实在是微不足道的。有人说，中国性骚扰事件曝光少是因为男人为主的社会的压制。可是，这种压制不可能压制到美国去。罗某某是身在美国通过“知乎”隔空举报的。罗某某举报后，半年的时间过去了，即使这种对中国大学教授的隔空举报，美国那边也没有人跟进。这说明，真的是没有什么可举报的。中国高校老师对学生的性骚扰事件不多的推测可能与中国的师道尊严的传统有关。一日为师，终身为父。这种严肃的辈分的关系，会阻止男女之间轻浮的举动。

2018 年 3 月 1 日

参考文献

[1] 张奕涵，邓晖. 女博士讲述举报教授性骚扰始末：受害群体投票决定曝光[EB/OL]. (2018-01-08). https://zhishifenzi.blog.caixin.com/archives/173758.

[2] 黄盈盈，潘绥铭. 中国的性骚扰有多严重？[EB/OL]. (2018-01-13). https://www.sohu.com/a/216398354_232950.

[3] 从美国到法国再到中国：“#Me Too”反性侵运动的进步与争议[EB/OL]. (2018-01-15). https://baijiahao.baidu.com/s?id=1589648173039232136&wfr=spider&for=pc.

天下无冤的理想美好但不现实

在2015年人民代表大会期间中国首席大法官周某说,“我的期待是:让罪犯受到应得的惩罚,让每个无罪的人不受追究”。这表明了天下无冤的理想。

天下无冤的理想是美好的,法治改良措施也是必要和及时的。但是天下无冤的理想不合逻辑,是实现不了的。正是由于要求所有罪犯受到应得的惩罚,从而会制造出冤案。也正是由于要让每个无罪的人不受追究,从而会使罪犯漏判。

这是因为,在法庭上,人们不知道谁是罪犯,谁是无罪的人。只有罪犯知道自己是罪犯,只有无罪的人知道自己是无罪的。但是,人们是根据认定的事实来判断该案是不是冤案的,嫌疑人自己说了不算。然而司法机构认定的事实有时不是真实的情况。这是因为审判的案件都是已经发生的事,审判的依据都是案件留下来的痕迹。虽然在现代社会条件下,很多痕迹可以测定出来,但是在实际情况下,有罪和无罪的界限有时是模糊的。如果罪犯没有留下直接证据,例如没有清楚显示犯罪现场的视频和有关人员的DNA,就不可能判断谁是罪犯。为了让每个无罪的人不受追究，就要让一些还没有证实的“嫌犯”不受到惩罚，这就是“疑罪从无”的原则，或者说是“证据确凿没有疑问”的审判原则。这就是以容许漏掉可能的坏人为代价来换取不冤枉好人的结果。可是，证据确凿没有疑问的标准是什么？事实上不同的人有不同的标准。有时，对同一刑事案件的证据，不同种族的人，不同历史时期的人，不同地区和国度的人的看法会不一样，用不同技术判断得出的结论也不一样。总之，一部分人认为嫌疑人有罪，另一部分人就认为其无罪。看来，似乎没有可能做到天下无冤。

例 1：我们现在仍然有靠口供定案的案例。例如，李某某强奸案的审判长答新华社记者问的内容表明，该案定罪主要靠涉案人员——5个未成年人——相互揭发的口供。其实，靠口供和靠推理来认定犯罪，是产生冤案的根源，而且未成年人在关押状态下的口供就更不可信了。最高人民检察院退休主任法医王某某认为，判定强奸行为的必要条件是判定发生强迫性关系。而判定发生性关系的确凿证据是在被害人随后穿着的内裤内层检测出混有精液的混合斑。可是该案审判长说“虽然法医物证鉴定没有检测到李某某的精斑，但是否射精和检测出精斑并非认定强奸的唯一依据”。这里，审判长先生的逻辑有一点疑问。审判长需要论证强奸行为的认定是证据确凿没有疑问的，而不是论证是不是唯一的。该案的关键物证应当是检测到精斑，没有检测到精斑，说明缺少关键物证。虽然，没有检测到精斑的结果不能证明没有强奸，但是确实为判定是否发生性关系提供了合理的疑问，说明该案的强奸判决没有确凿的物证为依据。王某某和其他司法界人士对李某某案的审判提出了质疑。这使得作为“看官”的普通人就搞糊涂了，是未成年男孩强奸了该成年女性呢？还是该成年女性引诱并强奸了饮酒的未成年男孩呢？谁是有罪的？谁是受害的？谁应该受惩罚？谁不应该受追究呢？虽然法庭认定的罪人服刑接近尾声，但是王某某提出的问题却使案件留下了历史的疑问。

例 2:黑人与白人判断不一样。1994 年美国足球运动员辛普森(黑人)的杀妻案是最好的例子。电视公开播放了庭审情况。白人倾向认为辛普森有罪,黑人倾向认为他无罪。判决前的一项问卷调查表明,74%的白人认为被告有罪,而 77%的黑人则认为无罪。美国刑法法庭陪审团由 10 名黑人和 1 名西班牙人后裔组成,认定辛普森无罪。美国民事法庭认定辛普森对谋杀负有责任,陪审团中有 9 名白人,没有黑人。辛普森最终被判有没有罪、有没有杀妻,与陪审团成员的人员组成有关。看来真相是“永远”无法搞清楚的事。法庭怎样判都不能够达到“让罪犯受到应得的惩罚,让每个无罪的人都不受追究”,因为被判有责任的人和被判无罪的人是同一个人。

例 3:不同历史时期法院判决不一样。内蒙古“呼格案”发生在 1996 年,某人报案说某女厕所内有一具女尸(409 女尸案),后该报案人被认定为故意杀人罪并执行死刑。2014 年 12 月 15 日,内蒙古高级人民法院宣告再审,判决原审被告人无罪。原审的证据是嫌疑人指甲缝内的附着物检出 O 型血,与被害人血型相同,而嫌疑人本人血型为 A 型。再审判决无罪的主要论据是认为血型鉴定结论不具有排他性、唯一性,因此原案证据不足。由于该案物证丢失,不可能进行 DNA 检测,再审没有发现任何新证据,也没有指出原审有不符合法律程序的问题。该案改判不过是疑罪从无的宽严尺度掌握有变化。“呼格案”的改判,说明在不同的历史时期,人们对证据是否确凿的判断是不同的。1996 年认为案件证据十分确凿,虽然当时的司法人员不会不知道血型鉴定结论不具有排他性。可是同样的证据在 18 年后被认为证据不足。这说明由于历史时期的认识的局限性,司法部门有可能会产生错案。人们可以纠正过去的错误认识,但是很难跳出当时的历史局限。

例 4:英国社区与美国社区判断不一样。美国华德伍德谋杀案是关于英国伦敦的 19 岁女高中生华德伍德 1997 年到美国麻省理工学院校区做保姆时发生的事件。华德伍德发现她看护的 8 个月的婴儿在午睡后叫不醒了,立即报警。该婴儿被送医院急救,发现脑内有血块,手术后死亡。给该婴儿做手术的医师报警,说该婴儿是被谋杀的。华德伍德立即作为谋杀嫌犯被逮捕,戴手铐脚镣。这一案件的关键问题是该婴儿脑中的出血是怎样发生的。控方认为是华德伍德剧烈晃动该婴儿从而导致其脑内出血死亡。该婴儿的母亲曾因为华德伍德晚上回家太晚批评过她,华德伍德在与朋友的电话中曾表示不满。控方据此认定华德伍德为报复谋杀了该婴儿。但是控方没有给出任何关于华德伍德剧烈晃动该婴儿的证据,只是华德伍德承认为了叫醒婴儿,晃了婴儿两下。这一案件在电视中得到了大量详细的报道。华德伍德原住英国伦敦的社区认为华德伍德无罪,1 天之内就为华德伍德募集了 50 万英镑的捐款,供她在美国请律师用。该社区选举的议员向英国首相报告了这一案件,希望协助。但是麻省理工学院校区的人员组成的陪审团认定华德伍德谋杀罪成立,需终身监禁,不得假释。然而 10 天后,该案的主审法官将案件改判为过失杀人罪,判 279 天监禁,实际是当庭释放。该婴儿家属不服上诉,但是被巡回法院驳回。对这个案子,根据陪审团的认定,华德伍德是谋杀,可是法官判为当庭释放,表明罪犯没有受到应得的惩罚。可是,华德伍德原住英国伦敦社区的人会认为华德伍德是无罪的,不应该受追究。

例 5:科学方法的局限性也会产生错案。DNA 技术发明之前,血型会给出一个相对明确的信息,可是靠血型判案,会产生不少错案。美国密歇根大学法学院刑事诉讼法学和死刑研究专家格罗斯教授及该校的 4 名博士生共同发表了《美国自 1989 年至 2003 年间的错案报告》。这是美国自 1989 年应用 DNA 证据发现第一例错案以来最详尽的一份错案报告。这15年间共发现328例错案。其中145人依靠DNA技术洗清了冤案,183人依靠其他证据得以雪冤。其中强奸案错案120例,占37%。该文表明,从1999年至2003年,约半数的错案是依靠DNA技术被发现的,其中强奸类错案有88%是依靠DNA技术被发现的,伴有强奸行为的谋杀类错案有20%也是依靠DNA技术被发现的。人们可以想象,在DNA技术应用之前,会有多少错案发生,会有多少无罪的人被受罚,而又多少罪犯没有得到应得的惩罚。

上面的分析说明,天下无冤的美好理想是不可能实现的。司法程序应尽量完善,尽量减少错案和冤案,但只能做到天下少冤。人类社会已经发展得很好了,可是代表社会公正的法治机构仍然避免不了造成个人的冤屈。如果坏人被漏掉了,坏人可能还会犯罪。如果好人被冤枉了,那是社会在“犯罪”。所以,需要执行疑罪从无的原则。当代表社会公正的司法机构错误判断某人有罪时,全社会都相信他/她有罪。这是我们人类社会的悲哀。虽然数量会很少,但是被冤枉的个人的精神和肉体受到的痛苦是无法想象的。被冤枉的个人在找不到同情和理解的情况下,可能会通过宗教寻求安慰。

2016年8月18日

叶诗文在伦敦奥运会打破世界纪录引起的讨论

叶诗文在2012年伦敦奥运会400米混合泳比赛中以4分28秒43的成绩打破世界纪录，夺得金牌。大家都承认这是特殊的成绩。中国游泳队教练说这是超常发挥，说叶诗文是游泳天才。超过运动员穿鲨鱼皮泳衣创造的游泳世界纪录2秒是非常突出的成绩。叶诗文400米混合泳最后50米只用了28秒93，比罗切特（男子200米混合泳世界纪录保持者，以及100米、200米和400米混合泳短池世界纪录保持者）的29秒10还快。叶诗文最后100米的成绩为58秒68，罗切特只比她快了0.03秒。没有人想到女选手可以游进61秒。

叶诗文破纪录夺金，领奖台上露出可爱笑容

人们不相信刻苦练习能解释这样的超常成绩，于是有了兴奋剂的怀疑。叶诗文后来被外国记者直接质疑是否服用禁药。当时爱国人士认为，这反映了西方国家对中国的蔑视，对中国崛起的反感、不习惯，甚至是种族偏见。

西方记者怀疑叶诗文用兴奋剂的逻辑是“没有查出来不等于没

有”。甚至《自然》期刊也发表了支持这一论点的报道。为了维护中国运动员的尊严，北京大学饶毅教授向《自然》写了申辩文章。《自然》礼貌地回复了一封道歉信，说“在没有科学依据的情况下，将叶诗文的成绩描述为‘反常’，这在一定程度上误导了读者”。这是说西方的怀疑没有根据。从道义上说，没有根据的怀疑是不尊重人的。但是到目前，没有人能解释为什么叶诗文的成绩超常高，难道她真的是天才吗？

其实，这是容易解释的。服用兴奋剂的假说不能解释叶诗文的分段成绩。叶诗文在蛙泳和蝶泳段是落后的，只是仰泳和自由泳特别快。服用兴奋剂的作用应该是整个身体功能亢奋，兴奋剂不可能做到只对仰泳和自由泳起作用，不对蛙泳和蝶泳起作用。叶诗文仰泳和自由泳特别快的原因是她的脚大。16 岁的叶诗文身高 168 厘米，却有着一双 42 码的大脚！在水中，脚掌大小对打水有着重要作用，在混合泳的 4 种泳姿中，蛙泳和蝶泳与脚掌大小关系相对较小(蛙泳主要是靠背和手的配合以及大腿的力量；蝶泳主要是靠手臂的力量和腰腹的力量)，而脚掌在仰泳和自由泳中起的作用就相当关键了。叶诗文在伦敦奥运会混合泳项目中的表现，最强的是自由泳，其次是仰泳，而蛙泳和蝶泳较弱。这正好印证一双大脚对叶诗文的重要作用。据了解，澳大利亚泳坛传奇“飞鱼”索普有着另一绰号“大脚”，身高 196 厘米的索普竟有双穿 55 码鞋的大脚，而他最擅长的也正是自由泳项目。

我们论证了叶诗文仰泳和自由泳特别快的原因是大脚，而不是用了目前不能查出来的兴奋剂。人在发育的过程中，可能有时不是均衡的。16 岁的叶诗文的脚先发育了。等到她 20 岁，身体的其他部分都发育起来时，大脚的优越性就会不明显了。看来，体育竞赛有时不是在身体条件对等的条件下进行的。个子高的人适合打篮球，个子不高的人适合打乒乓球。

2012 年 8 月 7 日

学习吴京生教授的优良学风

科学家已经发表的文章被发现有问题，怎么办？吴京生先生在80多岁的高龄为我们树立了榜样。吴京生先生原是美国马里兰大学世界知名的美国等离子体物理学专家，退休后在中国科技大学做访问教授。他与合作者于2007年在《物理评论快报》发表的一篇文章被发现有错误，受到同行的质疑。吴先生以科学精神实事求是地澄清了文章的问题，消除了对同行的误导。吴先生的优良学风使他保持了在学术界所得到的尊敬和声望，为我们树立了正确面对文章受到批评的榜样。

我参与了这一事件的全过程。事情的开始是，吴京生先生建议我和E. Marsch博士用空间观测数据检验他们在物理学顶尖刊物《物理评论快报》(2007)上发表的文章提出的日冕的加热模型。在检验过程中，我发现该模型关于加热机制的阐述有错误，而且发现有关研究所已经发表了3篇文章，把该模型的错误概念用于解释日冕和太阳风的加热现象。为了纠正该文的错误概念在学术界的影响，我和E. Marsch博士于2008年11月22日，发电子邮件给吴京生先生，指出他与Yoon博士发表于《物理评论快报》(2007)的文章理论上不自洽，该文指出的理论对解决太阳日冕加热问题的适用性有问题。我们指出，该文最后一句话“本文讨论的包括阿尔芬湍流的加热过程是新的，对研究日冕加热是适合的”，会对同行有误导。

吴京生先生在看到电子邮件的当天就回复表示歉意，并于收到意见的3个月内发表短讯，澄清原《物理评论快报》(2007)文章中的主要问题。吴京生先生在短讯结尾部分申明，该短讯是他与批评者讨论的直接结果，明确指出他和 Yoon 博士确认我与 E. Marsch 博士的贡献和建设性批评。

C.S.W. and P.H.Y. acknowledge C.-Y. Tu and E. Marsch for their input and constructive criticism. The present Brief Communication is a direct consequence of the discussions of C.S.W. and P.H.Y. with them.

吴京生先生短讯结尾部分的截图

该短讯澄清了我和 E. Marsch 博士提出的下述问题。①关于波能转化为热能导致温度升高的问题。该短讯首先明确指出，热力学的加热过程应是不可逆的过程，可是《物理评论快报》(2007)的文章讨论的加热过程不包括耗散，是可逆的，相应粒子的微观运动不是随机的，因而不能导致流体力学的热力学温度的升高。《物理评论快报》(2007)的文章描述的非共振粒子能量的增加不能导致通常的加热和温度升高，而是导致伪加热和等效温度升高。②关于该文假定增长率大于0，不符合准线性理论的问题。该短讯补充了粒子束流导致的不稳定性的内容，使理论描述自洽完整。

北京大学傅绥燕教授指出，吴京生先生坚持的是科学家求真的精神、虚心的态度，的确值得我们好好学习。人要容得下批评才能真正提高和进步。听到批评，任何人的本能反应都不会是很高兴的，但能够思考并接受意见,改正错误,则很难能可贵。科学家的错误被发现后,及时改正非常重要,尤其是已经有了一些名气的科学家。因为可能会有人以这些错误为根据继续工作,以讹传讹,结果会更不好。

2016 年 5 月 4 日

参考文献

[1] Wu C S, Yoon P H. Proton heating via nonresonant scattering off intrinsic Alfvénic turbulence[J]. Physical Review Letters, 2007, 99:7.

[2] Wu C S, Yoon P H, Wang C B. On nonresonant proton heating via intrinsic Alfvénic turbulence[J]. Physics of Plasmas, 2009, 16:5.

悼念林伯中教授

昨天中午刚听到林教授病危的消息，晚上 23 时 14 分就传来林教授在听科学报告时逝世的噩耗。这让我非常震惊和悲哀。3 天前，林教授还在与我的同事开电话会议，帮助中国策划新的空间探测方案。现在，人已经没有了。我心里感到空荡荡的，往事逐渐浮现在我的脑海里。

我最早见到林教授是在 20 世纪 80 年代，在美国地球物理学会（AGU）的秋季会议上。那时，开会到中午吃饭时，空间物理界的华人都在一起。由于林教授不大讲普通话，我的英文水平又不够，所以同林教授交流不多。但是，他说话时的笑容给我留下很深的印象。当时的他由于治学严谨，在空间物理界享有很高的威望。

2006 年，借着在北京开世界空间科学大会的机会，我请林教授到北京大学来做报告并共进晚餐。他告诉我他生在南宁，4 岁就随家人移民到美国了。他一直关心中国的空间事业的发展，多次到中国与同行进行学术讨论。一次讨论时，他用铅笔划了一个草图，导致被美国联邦调查局调查。但这并没有阻止他继续帮助中国发展。2007 年，他参加了“夸父”空间探测计划第二届科学研讨会，在会上做了报告并提出合作建议。让我印象很深的是，我们开会的时候加利福尼亚大学伯克利分校已经开学，他的课是在星期五。他要在星期日从美国飞过来，星期一到达三亚，星期二参加会议，星期四一早就要离开赶回去上星期五的课。他这样不辞辛劳地支持中国的空间计划，实在让我感动。

后来，参加德国不来梅世界空间科学大会的时候，我们谈了很多。当时，林教授刚刚卸任加利福尼亚大学伯克利分校的空间科学实验室主任的职务。他谈话的中心思想就是要利用他的经验和掌握的条件，在美国法律的许可范围内，尽量帮助中国空间科学探测事业的发展。由于他对空间科学探测的杰出贡献，包括参与10余个国际重大的卫星计划，担任多项空间探测仪器项目负责人，发表SCI论文300多篇，SCI文章被引用11900多次，担任美国两院院士等，他获得了北京大学的邀请。2012年3月，林教授到北京大学报到，非常高兴地领取了校园卡。在短短的几个月中，他就已经同北京大学的老师合作，提出了多个空间探测项目设想。每次到北京大学来，他的时间都被工作排得满满的，从不安排旅游和文艺活动，他想着一定要帮北京大学做出一些成绩来。

现在，林教授走了，走得很突然。我们会永远记住他的笑脸、他的勤奋精神、他对中国的帮助和期望。我们会永远怀念林伯中教授！

2012年11月19日

涂传诒：四十年如一日，教学的坚守者

——访北京大学地球与空间科学学院涂传诒教授

在同行的眼里，北京大学地球与空间科学学院教授、中国科学院地学部院士涂传诒被公认在太阳风与太阳大气物理学研究领域做出了创造性的贡献，是国内空间物理学科研究的领军人物。

尽管在学术界声名显赫，但涂传诒依然选择四十年如一日，坚持为本科生上好每一堂课。

“教书育人是老师天经地义的事情，一日为师，教学便是理所当然。”涂传诒说。

“学生到底懂没懂，是我最关心的事情。”

涂传诒的授课生涯已经超过 40 年。“该上的课还是要上，直到现在，每周还有 3 节课。”

在接受校报记者采访的当天，涂传诒还在办公室与学生一起读论文、探讨科研。

教学和科研对于涂传诒来说，仿佛已经印刻在他的生命中，成为其自觉完成的使命。涂传诒把教学和科研分得很清楚："就像金字塔一样，教学的知识体系是最基础的，是底座的部分，而科研是上面的，窄而精细。科研搞得好不好，重要的是基础打得牢不牢。所以，我特别看重给本科生上课。"

涂传诒刚刚开始教学生涯时，面对的是工农兵学员，直到1977年恢复高考，课程才更加正规，也趋于稳定。在给本科生授课的40余年中，涂传诒非常强调本科生课程的系统性。在他看来，和研究生或博士生的课程不同，"本科生教学是要系统地传授基础知识给学生"。涂传诒格外重视给学生讲明每一个知识点的概念，要让学生能当堂接纳和消化，是涂传诒在讲课时首要考虑的事情。

涂传诒的课堂讲授总是伴随3样东西——教材、讲义和黑板粉笔板书。与不少老师更重视PPT的美观、趣味性与设计感不同，涂传诒最重视的是把自己理解的知识以启发的方式传授给学生。本科课堂上使用的教材是他编写的《日地空间物理学》，这本书于1988年第一次出版，被视为"空间物理学中文教材的明珠"。课堂上以板书为主，补充以PPT。在讲授过程中，学生可以随时提问，涂传诒会就学生提的问题详细解释或开展课堂讨论。

涂传诒与杭州二中学生合影

这样看似"老套"的教学形式，却收到了学生们很好的反馈。“涂老师的课堂气氛总是很活跃，大家发言互动都很多。”他的学生们这样告诉记者。

“独立思考和开放讨论是值得鼓励的。”

四十年如一日，涂传诒对课程内容已经烂熟于心。即使如此，他在每次上课之前依然会认真备课。

和学生打交道，涂传诒鼓励大家要具有独立思考的能力，积极为大家营造平等开放的交流平台。在地球与空间物理学院团委为庆祝北京大学建校120周年所举办的“前辈分享”活动中，涂传诒这样寄语后辈学人：“独立精神是北大的特点，要相信那些经过自己思考甄别后的东西，不要盲目地服从别人的观点。”

尽管已入古稀之年，涂传诒一直要求自己在思想上做个“与时俱进”的人。他的思想之门永远是敞开的，在和学生们一起讨论的时候，涂传诒总会和学生碰撞出新的思维火花，他鼓励学生们勇敢地锻炼自己的表达能力：“我们现在一些学生，特别是理工科学生，脑子很聪明，但是概念表达不清楚，不愿意发言，甚至有时候说话都是‘蚊子声’。我就鼓励他们要勇于表达自己的观点，在我的课堂上，开放的讨论是让人享受的！”

涂传诒荣获陈嘉庚科学奖

涂传诒非常重视逻辑性的训练，他给研究生推荐了芭芭拉·明托撰写的《金字塔原理》一书，这是一本讲解写作逻辑和思维逻辑的著作。涂传诒让每个学生阅读书中的章节，并且在组会上分享，目的就是训练学生清晰地思考、写作、汇报。何建森就是这样“逻辑训练”的受益者，他现在是北京大学地球与空间物理学院的副院长，也曾是涂传诒的学生。他告诉记者：“学会梳理问题，并理清解决问题的思路，然后说服别人，实际上也是说服自己、提升自己的过程，涂老师的训练对我的学术帮助太大了。”

在何建森心中，涂传诒是个偶像级的存在。他评价老师是“认真的人里思路最活跃、最开阔的”。另一位博士生吴红红对涂传诒的评价也很类似：热忱、严谨、认真和富有责任感。

在学生眼中，这种热忱不仅体现在科研上，涂传诒对各类时事热点都保持着好奇心和责任感。除了空间物理的相关研究，近年来，涂传诒还在高校科研经费改革等方面提出了自己的思路和建议，为高校教学科研体制的改革创新贡献自己的一分力量。

2019 年 3 月 13 日发表于北京大学校报

文字记者：杨彦帆　编辑：凌微　责编：白扬